Laurent Gaulet

# OFFICIEL de L'HUMOUR 2024

ISBN : 978-2-412-08831-9
Dépôt légal : novembre 2023
Imprimé en France par Normandie Roto Impression SAS en octobre 2023 (2303525)

Directrice éditoriale : Marie-Anne Jost-Kotik
Responsable éditoriale : Cyrielle Londero-Gobry
Éditrice : Marine Bourasseau
Illustrations : Léane de Christen
Relecture : Judith Levitan-Dousset
Mise en pages : Olivier Frenot

Éditions First, un département d'Édi8
92, avenue de France
75013 Paris – France
Tél. : 01 44 16 09 00
Fax : 01 44 16 09 01
E-mail : firstinfo@efirst.com
Site Internet : www.editionsfirst.fr

Laurent Gaulet

# OFFICIEL de L'HUMOUR 2024

2 000 BLAGUES 100 % FOUS RIRES

FIRST ÉDITIONS

# Je suis c'est comme

J'ai envie de faire labour. C'est une envie de sexe, mais comme l'amour est dans le pré…

---

Il fait un temps de chat ! C'est comme un temps de chien, mais je veux sortir. Et puis non. Et puis si. En fait non.

---

Je suis compotiste. C'est comme complotiste, je fais courir la rumeur que les gens font de la compote…

---

Je suis susportrice. C'est comme supportrice, mais j'encourage les joueurs à ma façon…

---

J'ai beaucoup de vodkabulaire. Bref, je parle beaucoup quand je bois !

---

# Les hommes les femmes

**Pourquoi tous les hommes sont-ils alcooliques?**
Parce qu'ils doivent boire les paroles de leurs femmes…

---

**Quel est l'homme que l'on attend le plus au monde?**
Le livreur de pizzas.

---

**Quelle est la pire chose que peut dire une femme à un homme juste avant de coucher avec lui pour la première fois?**
Avant, j'aimerais que nous ayons une conversation d'homme à d'homme…

---

**Pourquoi la grande majorité des archéologues sont des femmes?**
À cause de leur capacité à fouiller dans le passé…

---

**Que faut-il faire quand on prend une photo de groupe avec son conjoint ?**
Toujours le placer à l'extrémité gauche ou droite de manière à pouvoir couper la photo le jour où on se sépare…

---

**Que fait un homme qui promet une croisière à sa femme ?**
Il la mène en bateau…

---

**Quel est le contraire d'une parole d'homme ?**
Une langue de pute…

---

**Quel est le dilemme dcs filles toujours célibataires à 30 ans ?**
Attendre que les beaux divorcent ou prendre les moches qui restent ?

---

**Pourquoi les hommes ne répètent-ils pas les secrets que les femmes leur confient ?**
Parce qu'ils n'ont pas écouté…

---

# Drôles de couples

Un couple se dispute…
– J'ai l'impression que ça t'amuse de me mettre en colère ! dit le mari à sa femme.
– C'est parce que j'adore quand tu te transformes en super-héros ! lui répond-elle.
– Comment ça ?
– En Superénervé !

Une femme à son mari :
– On a beaucoup trop d'affaires à la maison, on devrait se séparer de tout ce que l'on a en double !
– Commence par ton menton ! rétorque-t-il.
– Pfff… Non, je vais commencer par toi !

Une femme raconte sa soirée de la Saint-Valentin à une amie :
– Je lui avais dit que j'aimerais avoir une robe, un bouquet, un parfum…
– Et ?
– Et il m'a offert une bouteille de rouge…

Que c'est fatigant, la vie de couple, je suis crevée ! dit une femme à une amie.
– Ah… Tu as des problèmes avec ton mari ?
– Nous nous étions fait la promesse de ne jamais nous coucher fâchés !
– C'est une belle résolution…
– Sauf que cela fait trois jours que nous sommes debout !

---

Une femme demande à son mari :
– Si tu devais me comparer à quelque chose, ce serait quoi ?
Le mari réfléchit un instant et lui dit :
– Un rouleau de printemps !
– Ah bon ? C'est mignon… mais pourquoi ?
– Ben… t'es toujours enroulée dans ta couette !

---

Un couple se rend au cinéma en compagnie de son bébé. Le guichetier les prévient :
– Si votre enfant pleure, vous devrez quitter la salle ! Mais ne vous inquiétez pas, on vous remboursera vos places.
Après trente minutes de projection, la femme dit à son mari :
– Mais qu'est-ce qu'il est nul, ce film !
– Tu as raison, secoue le bébé !

---

# Devinettes

**Pourquoi les lundis sont-ils mieux que les dimanches ?**
Parce que les dimanches, on ne fout rien, alors que les lundis, on est payé à rien foutre !

---

**Pourquoi les petites souris aiment-elles prendre du Viagra ?**
Pour ne plus avoir peur de la chatte !

---

**Quel point commun y a-t-il entre un espion et une prostituée ?**
Ils travaillent sous couverture…

---

**Quelle différence y a-t-il entre les jeunes filles d'avant et celles d'aujourd'hui ?**
Avant, elles rêvaient de vivre d'amour et d'eau fraîche, maintenant, d'un plaid et de Netflix.

---

**Pourquoi les gens font-ils des stories sur les réseaux sociaux?**
Pour occuper ceux qui n'ont pas Netflix.

---

**Quelles sont les deux choses dont on connaît toujours la fin?**
Les films de Noël et une demande d'augmentation.

---

**Quels sont les voisins que l'on préfère?**
Ceux qui ne sont jamais là.

---

**Quelle différence y a-t-il entre le 1er mai et les autres jours de l'année?**
Le 1er mai, c'est la fête du Travail et les autres jours, c'est «Faites du travail!»

---

**Quel est le principal avantage et le principal inconvénient des réseaux sociaux?**
L'avantage, c'est que tout le monde peut donner son avis sur tout. L'inconvénient, c'est que tout le monde donne son avis sur tout...

---

# Les copains, les copines

Un type lance à un pote:
– J'ai enfin trouvé chaussure à mon pied, j'ai craqué pour une super paire de Nike!
– Ah oui? Moi aussi j'ai trouvé chaussure à mon pied, j'ai craqué...
– Pour une belle paire de Nike?
– Pour une belle paire de fesses!

---

Une jeune femme conseille une amie:
– Si tu veux vraiment avoir un ventre plat, il faut que tu fasses la planche tous les soirs!
– Mais c'est pourtant ce que je fais!
– Ah! Alors, je ne comprends pas. Tu devrais perdre du ventre et tu en prends? Tu es certaine de vraiment bien faire la planche?
– Oui, tous les soirs je me fais une planche de charcuteries!

---

Deux amies se retrouvent :
– Alors, tu es toujours à la recherche de l'âme sœur ? demande la première.
– Non...
– Ah ! Tu l'as trouvée ?
– Non plus. Et au point où j'en suis, je suis à la recherche d'une âme cousine, voire d'une âme tout court...

---

Une fille à une amie :
– Tu as encore pris du poids ! Comment veux-tu trouver un mec, tu es de plus en plus grosse !
– Ben justement, je me dis que plus je suis grosse, moins la flèche de Cupidon pourra me manquer !

---

Un type à un ami :
– Je ne sais pas pourquoi, mais à chaque fois que j'adresse la parole à ta femme, elle me regarde avec l'air étonné !
– T'inquiète pas, elle a juste dessiné ses sourcils trop hauts...

---

# L’abus d’alcool est dangereux pour la santé

Un alcoolique demande à son voisin de comptoir :
– T’aurais pas un truc contre la gueule de bois le matin ?
– Si ! Je me lève l’après-midi…

Au comptoir d’un bar, un client a pris l’habitude de sortir du bar, regarder le ciel, puis de rentrer et de commander un nouveau verre. Un jour, alors que le client rentre à nouveau dans le bar après avoir observé le ciel pour la dixième fois de l’après-midi, le patron finit par lui demander :
– Pourquoi sortez-vous toujours regarder le ciel avant de commander un autre verre ?
– Je regarde le soleil pour savoir quelle heure il est.
– Ah ? Et là, quelle heure est-il ?
– Bah… l’heure de prendre un verre.

**Pourquoi les apéros du vendredi soir sont-ils épuisants ?**
Parce qu’ils se terminent souvent le dimanche soir…

Le client d'un bar insiste auprès d'un serveur pour qu'il lui serve un dernier verre…

– Allez ! Encore un, pis c'est tout ! J't'jure après j'arrête !

– Non, désolé.

– Pourquoi ?

– Parce qu'avec un verre de plus, ce n'est plus une cuite que vous aurez, c'est une pyrolyse !

---

**Qu'est-ce qu'un brunch ?**
Une autorisation à picoler dès le matin sans passer pour un alcoolique !

---

Un alcoolique se met à philosopher et déclare à son voisin de comptoir :

– Un jour sans boire, c'est comme un jour sans…

– Sans quoi ?

– J'sais pas… J'en ai aucune idée…

---

**Quel point commun y a-t-il entre ceux qui s'exposent au soleil avec leur peau blanche et le vin ?**
Ils sont blancs, rosés, rouges.

---

# Trop blondes

Dans un supermarché, une blonde fait ses courses avec une amie.
– Fais-moi penser à racheter du film fraîcheur ! dit-elle à cette dernière.
– Encore ? Tu en as déjà acheté la semaine dernière ?
– Je sais… D'ailleurs, je me demande si ce n'est pas une arnaque ! J'en avais mis trois ou quatre couches et j'avais même plus chaud que sans !

———

– T'en penses quoi, des paillettes que j'ai mises dans mon maquillage ? demande une blonde à son amie.
– Que, pour une fois, tu es brillante…

———

Dans une jardinerie, une blonde s'adresse à un vendeur :
– Pardon, monsieur, pourriez-vous m'indiquer où se trouve la terre pour les plantations ?
– Les terreaux se trouvent dans la première allée.
– Ah… Et l'homo ?

———

Une blonde se plaint auprès d'une copine…
– Je n'ai vraiment plus rien à me mettre !
– Tu n'as pas assez de vêtements ?
– Je parle de mecs…

---

– Ça fait un an que je suis abonnée à la salle de sport, je n'ai toujours pas perdu un kilo ! dit une blonde à une amie.
– Parce qu'il faut y aller, aussi…

---

**Pourquoi les blondes ne trouvent que des balles en bois dans les Kinder Surprises qu'elles achètent ?**
Parce que ce sont des avocats…

---

Dans une société de livraison de pizzas à domicile, une blonde fraîchement embauchée réalise sa première livraison.
– Ça s'est bien passé ? lui demande le patron. Tu as livré dans les temps comme je te l'ai demandé ?
– Oui, j'ai livré dans l'étang, les canards étaient super contents !

---

# Hommes et femmes  en blanc 

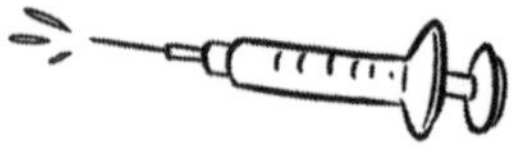

Un gynécologue demande à un confrère :
– Tu me piques toutes mes patientes ! Quel est ton secret pour avoir autant de clientèle ?
– J'ai Parkinson…

---

Une femme se rend chez un sexologue. Elle lui confie qu'elle aimerait avoir plus de rapports sexuels, mais que son mari souffre de problèmes d'érection.
– A-t-il essayé le Viagra ? demande le sexologue.
– Il n'ose pas et je crois que cela le blesserait dans son orgueil…
– Écoutez, je peux vous procurer quelques cachets, faites l'essai à son insu ! Cela vous permettra d'assouvir vos besoins et à votre mari, de retrouver un peu de confiance en lui. Dissolvez-les dans sa boisson. Idéalement dans du Coca, il ne se rendra compte de rien !
Quelque temps plus tard, la femme retourne voir son sexologue.
– Alors, depuis notre dernier rendez-vous, êtes-vous sexuellement comblée ?

– Il m'a fait l'amour comme jamais, c'était horrible !
– Ah ! Vous avez mis un cachet dans sa boisson ?
– Trois cachets dans son Coca ! Il s'est jeté sur moi et il m'a prise sur la table ! C'était horrible !
– Horrible ?
– Oui, dans le McDonald's, tout le monde nous regardait !

---

Une femme se blesse sur un terrain de golf. De retour au club-house elle annonce :
– Je me suis blessée sur le parcours !
Un des médecins présents lui demande :
– Et vous vous êtes blessée où ?
– Entre le premier et le deuxième trou !
– Désolé, mais je ne pense pas qu'un pansement puisse tenir à cet endroit…

---

Un garçon avec de l'embonpoint se rend chez un nutritionniste. Ce dernier engage la conversation avec le jeune homme :
– Alors, parle-moi un peu de toi ! Tu vas à l'école ?
– Oui.
– Quelles sont tes matières préférées ? Les maths ? Le français ?
– Les matières grasses…

---

# Les répliques de ciné

– Vous vous appelez comment ?
– Marguerite. Et vous ?
– Je m'appelle Monsieur le Directeur !
***L'Aile ou la Cuisse*** (1976), de Claude Zidi avec Coluche, Louis de Funès

---

– Il ne faut pas se fier au physique des gens !
– Avec vous, si ! Vous avez la gueule de travers et la mentalité biscornue, vous êtes synchrone.
***Archimède le clochard*** (1959), de Gilles Grangier avec Jean Gabin, Darry Cowl, Bernard Blier

---

– On y va à trois.
– Attends ! Quand on y va à trois, on y va à trois ? Ou bien on compte jusqu'à trois… et puis on y va ?
***L'Arme fatale 2*** (1989), de Richard Donner avec Mel Gibson, Danny Glover, Joe Pesci

---

– Vos papiers vérifier, fouillez Monsieur !
– Vraiment chier vous me faites, Herr Kommissar !
***L'As des as*** (1982), de Gérard Oury avec Jean-Paul Belmondo, Marie-France Pisier

---

– Si vous finissez avant, il y aura de l'or pour tout le monde !
– Ça fait plaisir !
– Sinon, les crocodiles !
– Ça fait pas plaisir...
***Astérix et Obélix, Mission Cléopâtre*** (2002), d'Alain Chabat avec Gérard Depardieu, Christian Clavier, Jamel Debbouze, Alain Chabat, Gérard Darmon

---

« Je m'appelle Felicity Bonnebez. Felicity, c'est mon nom... et bonne... c'est ma réputation ! »
***Austin Powers 2 : L'espion qui m'a tirée*** (1999), de Jay Roach avec Mike Myers, Heather Graham

---

« Ah, les Français, ça voyage mal, c'est comme le camembert ! »
***Banzaï*** (1983), de Claude Zidi avec Coluche, Valérie Mairesse

---

# Humour noir

**Pourquoi ne devrions-nous pas lutter contre les accidents de la route ?**
Car cela limite nos chances de médailles aux Jeux paralympiques.

---

Une femme à son mari :
– Dis-moi, est-ce que je t'ai déjà manqué ?
– Bien sûr ! lui répond-il.
– T'as raison, je vise trop mal…

---

**Quelles chaussures la grande faucheuse porte-t-elle ?**
Des pompes funèbres…

---

**Top 5 des dernières paroles que vous prononcerez peut-être juste avant de mourir :**
5) C'est quoi cette alarme ?
4) Tu as bien disjoncté ?

3) Je sais ce que je fais !
2) Je peux caresser votre pitbull ?
1) Hé, Mike Tyson ! Ta mère, elle suce des bites !

---

Le père Noël passe dans un petit village africain. Il constate que les enfants sont très maigres… Il leur demande :
– Oh, oh, oh ! Mes enfants, pourquoi êtes-vous aussi si maigres ?
– C'est parce qu'on ne mange pas, monsieur le père Noël, lui répondent-ils.
– Oh, oh, oh ! Vous ne mangez pas ? Puisque c'est comme ça, pas de cadeaux !

---

Un type se confie à un collègue…
– Elle m'a quitté, elle me manque…
– Ah ! merde… Pense à autre chose ! Parce qu'elle, de son côté, elle est certainement en train se faire prendre par un autre mec ! Alors pense à toi, pas à cette pute que l'on a tous sautée !
– Je parlais de ma grand-mère qui est décédée…

---

# Les dragueurs

Un type drague une femme…
– Toi, si tu n'existais pas, bah faudrait t'inventer !
– Ah ? Eh bien toi, si tu n'existais pas, faudrait rien changer !

---

Une fille à un type moche qui la drague :
– Tu as l'intention d'ouvrir un magasin de jardinerie ?
– Non, pourquoi ? fait-il l'air étonné.
– Avec tous les râteaux que tu dois te prendre…

---

Dans une boîte, une fille dit à sa copine :
– Mate le mec, là-bas ! Il n'arrête pas de te regarder…
La copine jette un œil discret, puis s'écrie :
– Hé, mais il est gros !
– Bah oui, à force de te manger du regard…

---

Un mec lourd tente une approche auprès d'une jolie fille…
– Salut ! Je te trouve hyper canon !
– C'est pour ça que j'attire les boulets !

———

– Physiquement, tu es comme ton humour ! dit une fille à un gars qui la drague.
– C'est-à-dire ?
– Gras.

———

Dans une boîte, une fille scrute la piste de danse…
– Tu cherches quoi ? lui demande une copine.
– Je cherche mon mec !
– Ah, il ressemble à quoi ?
– J'en sais rien, je ne l'ai pas encore rencontré !

———

Une fille à un gars qui n'arrête pas de la coller :
– Dis-moi, tu ne serais pas un Transformer ?
– J'sais pas, peut-être bien… Pourquoi ?
– Parce que t'as un pneu autour de la taille !

———

# Perles de coiffeurs

***Les clientes ont parfois l'imagination...***

– Quand ils poussent, mes cheveux font des nœuds !

– Ils sont coquins ! Et vous les coiffez avec une brosse ou bien un peigne ?

– Je ne les coiffe pas.

***... très fertile :***

– Si je mouille plus souvent mes cheveux, est-ce qu'ils vont pousser plus vite ?

– Les salades, oui, les cheveux, non.

---

***Qu'il est délicat pour un client de dire qu'il préférerait telle coiffeuse à une autre !***

– Agnès a bientôt terminé, elle s'occupera de vous ?

– Bof...

---

***Ça, il faut le faire (à défriser) !***

– Qu'est-ce qui vous est arrivé ?

– Un coup de fer à repasser et...

– Sur les cheveux !!!
– Pour les défriser…

---

***Certaines clientes préfèrent le thé au café…***
– Vous laissez mes cheveux infuser pendant combien de temps ?

***D'autres le café au thé…***
– Il a un drôle de goût, votre café.
– C'est du thé.

---

***Parler discrètement peut éviter bien des problèmes…***
– Dites… la cliente de votre collègue… vous n'allez pas la laisser sortir comme ça quand même ?

***… car l'ennemi se trouve parfois à l'intérieur:***
– Vous pourriez me rattraper cette coupe ?
– Oh ! On va essayer mais… c'est catastrophique ! Qui vous a fait ça ?
– Votre patronne.

---

# Devinettes

**Quel point commun y a-t-il entre nous, le dimanche, et les hommes politiques ?**
On n'en fait rien…

---

**Quelle différence y a-t-il entre un jardin secret et un jardin ?**
Dans le jardin secret, on conserve les souvenirs d'avec son ex, alors que, dans le jardin, on y enterre son ex…

---

**Quel point commun y a-t-il entre une jolie fille et le mois d'août ?**
Ça donne chaud !

---

**Quel point commun y a-t-il entre un enterrement et Paris ?**
Les gens font la gueule…

---

**Quand on est bien élevé, comment dit-on aux gens d'aller se faire foutre ?**
« Allez tous vous faire foutre, s'il vous plaît ! »

---

**Quel est l'avantage de la fête des Voisins ?**
Celui de pouvoir enfin mettre des visages sur des bruits...

---

**À quoi sert un porte-clefs ?**
À perdre toutes ses clefs en même temps !

---

**Quelle espèce aimerions-nous voir devenir végan ?**
Les moustiques !

---

**Quelle est la phrase la plus flippante que l'on puisse vous dire ?**
« J'ai un service à te demander... »

---

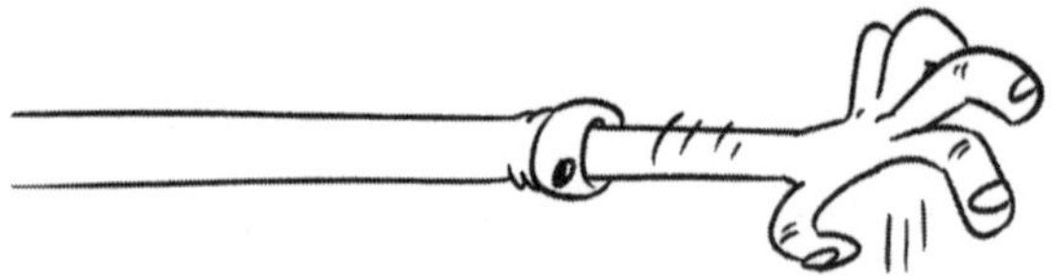

# Comment emmerder le monde

Garez-vous sur un parking très fréquenté et restez au volant pour compter le nombre de personnes qui vous demanderont si vous vous en allez !

---

Quand vous achetez le pain, demandez cinq baguettes à la boulangère, puis désignez-en une en disant : « Je vais prendre celle-ci ! »

---

Dans une piscine municipale, dites bien fort à ceux qui vous entourent : « Hé, mais c'est une légende urbaine, cette histoire de trace rouge ! Regardez ! Je viens de pisser, on voit rien ! »

---

Appelez votre chien « Chope-le » pour que les gens paniquent lorsque vous l'appelez !

---

Il faut se protéger du soleil pour prévenir les cancers de la peau. C'est pourquoi vous ne devez pas oublier votre parasol lorsque vous vous rendez à la plage. Mais comme vous êtes prévenant et que vous pensez d'abord aux autres, vous l'installerez de manière à faire de l'ombre à votre voisin…

---

Vous vous promenez dans les allées d'Ikea sans rien avoir à acheter… Rendez-vous au moins utile en contrôlant le bon fonctionnement des objets ! Au rayon des ustensiles de cuisine, remontez tous les minuteurs et enfuyez-vous avant qu'ils ne sonnent…

---

Avant de vous rendre chez quelqu'un, pensez à enduire le dessous de vos chaussures de cirage noir, cela ravivera les couleurs de sa moquette !

---

C'est plus fort que vous : dès que vous voyez une paire de chaussures traîner, il faut que vous en retiriez les lacets…

---

Souhaitez l'anniversaire de quelqu'un toutes les cinq minutes. Toute la journée. Et jusqu'à minuit.

---

# La ronde des métiers

**Chef comptable**

Un employé se rend à la comptabilité pour se plaindre d'une erreur sur son bulletin de salaire :

– Il manque 200 euros sur ma feuille de paye ! affirme-t-il.

– Effectivement, confirme le comptable, c'est parce que le mois dernier vous aviez perçu 200 euros en trop. Vous n'étiez pas venu vous plaindre ?

– Ben… Une erreur, je tolère, mais deux, non !

---

**Serveuse**

Un bègue éprouve d'énormes difficultés à prononcer les mots qui commencent par un « b ». Il se rend dans un bar avec des potes qui le mettent au défi de commander une bière à la serveuse. Cette dernière arrive et lui demande ce qu'il souhaite :

– Je… je voudrais une… une be… une be… une be-be… une bière. Ouais ! ! ! Une bière ! Une bière ! Je voudrais une bière !

– Oui, monsieur, je vous l'apporte. Brune ou blonde ?

– Bl… bl… br… br… bl… Sssssalope !

---

**Ouvrier**

Un patron convoque l'un de ses ouvriers dans son bureau...

– Je vous ai cherché toute la matinée, où étiez-vous ? lui demande-t-il.

– Je me cachais...

– Comment ça, vous vous cachiez ?

– Ben... Un bon ouvrier, c'est toujours dur à trouver !

---

**Pêcheur**

Un pêcheur montre sa pêche à un autre pêcheur...

– Ouais, c'est pas mal... lui fait ce dernier.

– Je trouve ça plutôt bien, moi ! Et toi, tu pêches où ?

– Je ne peux pas te le dire, c'est un petit coin secret...

– Ah, et tu y pêches quoi ?

– Bah rien, il est tellement secret que les poissons ne l'ont même pas encore découvert !

---

**Pharmacienne**

Un homme entre dans une pharmacie et présente son ordonnance à la pharmacienne. Après l'avoir parcourue, elle lui annonce :

– Désolée, je ne vais pas l'avoir...

– Mince. Vous n'auriez pas un générique ?

– Si, bien sûr : « Dallaaaaaaaaas ! Ton univers impitoya-ableuu... Dallaaaaaaaas ! »

---

# Les questions connes

Quand tu as plusieurs cordes à ton arc… comment fais-tu pour tirer ?

---

De combien faudrait-il élargir les routes pour qu'il n'y ait plus de sortie de route ?

---

Pour qu'il n'y ait plus de pauvres… le meilleur moyen n'est-il pas de les supprimer ?

---

Puisqu'aucun homme n'a encore pu le vérifier, comment croire les femmes quand elles disent qu'un accouchement est hyper douloureux ?

---

Si mon patron est un gros con, ai-je le droit de lui réclamer une prime de pénibilité au travail ?

---

Pourquoi la phrase «Je ne veux pas être méchant, mais…» est-elle suivie de la pire des méchancetés ?

---

Quand une fille te met un vent… est-ce que tu es décoiffé ?

---

Celui qui rentre dans le moule… il ressemble à une tarte ?

---

Le mec qui rigole de ses propres blagues… il s'auto-like ?

---

Si l'envie de pisser ne nous réveillait pas… arriverions-nous à l'heure au travail ?

---

Dans la vie, il faut savoir rester à sa place… Le lit et le canapé, ça compte ?

---

Plutôt que de négocier une augmentation de salaire mensuel, ne pourrait-on pas demander que les mois ne durent plus que quinze jours ?

---

# Les plus courtes sont les meilleures

Une femme :
– Docteur, je ne suis pas malade !
– Ça tombe bien, je ne suis pas docteur.

———

Une jeune femme se confie à une amie :
– Je comprends pas… les hommes que je croise me disent tous que ma minijupe est une plaisanterie !
– Parce que, pour les minijupes comme pour les plaisanteries, les plus courtes sont les meilleures…

———

Un type se confie à un copain :
– Ma femme s'est mise à fumer…
– Vous devriez utiliser du lubrifiant.

———

Quel est le pluriel de « un vrai » ?
Des dalles (un vrai dédale).

———

Une femme consulte une voyante…
– Où me voyez-vous dans vingt ans ?
– Je suis myope, je ne vois pas aussi loin…

---

**Quelles sont les filles qui ont les plus jolies fesses ?**
Celles qui habitent au sixième étage sans ascenseur !

---

**Quelle colle est encore plus forte que la super glue ?**
Celle qui empêche d'ouvrir les yeux le matin…

---

Un garçon à sa petite amie :
– Tu aimes les petites chatouilles dans le cou ?
– Ouiiii…
– O.K., alors je laisse l'araignée tranquille !

---

**Quelle est l'une des décisions les plus difficiles que nous avons tous été amenés à prendre ?**
Se lever ou non lorsqu'on a envie de pisser…

---

# Blagues coquines

**Quand sommes-nous tous autorisés à bouffer des culs ?**
À Pâques, celui des poules en chocolat !

---

Un gars demande à une jeune fille :
– Tu veux que je passe te prendre à quelle heure ?
– Prends-moi quand tu veux…

---

**Quel point commun y a-t-il entre un éjaculateur précoce et Netflix ?**
Ils ignorent l'introduction…

---

Une fille à une amie :
– Alors, tes vacances ? Elles se sont bien passées ?
– Je me suis éclatée !
– Génial, tu as ramené des souvenirs ?
– L'herpès…

---

**À quoi reconnaît-on une Bretonne qui aime la sodomie ?**
C'est celle qui a une plaque de beurre doux dans le frigo !

---

Une fille se confie à une amie :
– J'ai le hoquet depuis plusieurs jours et ce soir, je couche pour la première fois avec mon mec !
– Bah, c'est pas grave, il sait bien que tu as le hoquet !
– Oui, mais comment je fais pour me raser les parties intimes ?

---

– Tu l'imagines comment, ton mec idéal ? demande une fille à une copine.
– Avec un gros dard !
– Pffff ! Tu ne supportes déjà pas la piqûre d'une guêpe…

---

**Quel point commun y a-t-il entre la vie et le sexe ?**
Parfois, c'est dur…

---

# Mots d'esprit

«Je crois que le rire est la meilleure façon de brûler des calories.»

**Audrey Hepburn**

---

«Il y en a qui respirent l'intelligence, d'autres qui semblent en apnée définitive.»

**Grégoire Lacroix**

---

«À pied, vous pouvez aller partout… si vous avez le temps.»

**Steven Wright**

---

«Ça sert toujours, une citation en noir sur fond blanc avec le nom de l'auteur dessous.»

**L'auteur**

---

« Le mari qui veut un mariage heureux doit apprendre à garder sa bouche fermée, et son carnet de chèque ouvert. »

**Groucho Marx**

---

« Une belle-mère, c'est une dame qui donne sa ravissante fille en mariage à un monstre horrible et dépravé pour qu'ils fassent, ensemble, les plus beaux enfants du monde. »

**Alphonse Karr**

---

« Les hommes mentiraient moins si les femmes posaient moins de questions. »

**Coluche**

---

« Tout corps plongé dans une baignoire reçoit un coup de téléphone. »

**Francis Blanche**

---

« Le cercle n'est qu'une ligne droite revenue à son point de départ. »

**Frédéric Dard**

---

# Atroces et bien dégueus

Un inspecteur interroge un individu au commissariat :
– Monsieur, vous êtes accusé d'avoir eu des relations sexuelles avec votre chat ! Vous pouvez m'expliquer ?
– Bah… J'ai rien fait de mal, je vous jure !
– Pourtant, nous avons un témoin…
– Mais je vous dis que je n'ai rien fait de mal ! J'avais froid et ma maman m'a toujours dit que quand j'avais froid, il fallait que j'enfile quelque chose de chaud !

---

Une petite fille à sa mère…
– Maman ! Maman ! Est-ce que je peux jouer avec les petits chats ?
– Oui, ma chérie. Mais après, pense à les remettre à la poubelle !

---

**Quelle différence y a-t-il entre des gens qui ne partent pas en vacances et la famille de Xavier Dupont de Ligonnès ?**
La famille Dupont de Ligonnès, elle, prend des vers en terrasse !

---

**Que faut-il faire quand on a une poupée gonflable avec les yeux blancs?**
Il faut la vider!

---

Un homme fait une révélation à sa femme:
– Il faut que je t'avoue quelque chose... J'ai 50 ans et pourtant, j'ai le corps d'une femme de 20 ans!
– Ah, ah, ah! prouve-le! fait sa femme, morte de rire.
– Très bien, dit l'homme tout en ouvrant le congélateur...

---

En pleins préparatifs du réveillon de Noël, une femme s'aperçoit qu'elle a oublié d'effectuer quelques courses... Elle demande alors à son mari:
– Faut que je sorte, il me manque des choses! S'il te plaît, tu peux fourrer la dinde pendant mon absence?
– Oui, pas de souci!
Une heure plus tard, la femme revient chez elle et constate que la dinde est restée telle qu'elle l'avait laissée...
– Tu as fourré la dinde?
– Oui!
– Non mais tu plaisantes, elle encore sur le plan de travail!
– Tu ne parlais pas de ta mère?

---

# Blagues à papa

**Pourquoi les œufs ne se fâchent-ils pas?**
Parce qu'ils n'aiment pas être brouillés…

**Qu'est-ce qu'un homme de petite taille qui attaque une banque?**
Un braquage à nain armé.

Deux squelettes se tiennent debout sur le parapet d'un pont…
– Tu sautes? demande le premier à l'autre.
– T'es fou? Je tiens à ma peau!

**Qui sait mais ne dit rien?**
La vitamine C, mais ne dit rien…

**Que dit Garou lorsqu'il entre dans un parking?**
Hé! J'me gare où?

**Combien font quatre fois quarante?**
Cela fait quatre fois qu'elle ressort.

---

**Comment appelle-t-on une poule qui nage?**
Une *swimming* poule...

---

**Qu'entend-on si l'on colle son oreille au ventre d'une femelle hamster?**
Des marins chanter, car «Dans le corps d'Hamster dame, y a des marins qui chantent...»

---

**Quel est le loisir préféré des chèvres?**
Elles bouquinent.

---

Un œuf attend son copain qui est en retard...
– Bon, encore cinq minutes et je me casse!

---

**Qu'est-ce que les antilopes détestent le plus?**
Les lopes...

---

# Blagues à Toto

La maîtresse demande à Toto :
– Est-ce qu'il t'arrive d'avoir peur ?
– Oui…
– Penses-tu que les enfants ont plus souvent peur que les adultes ?
– Ah non ! Mon papa, par exemple, c'est un gros trouillard !
– Ah bon ?
– Oui, à chaque fois que maman n'est pas là, il faut qu'il aille dormir chez la voisine !

---

Toto cherche un moyen de gagner un peu d'argent de poche…
– Papa, est-ce que je peux prendre la tondeuse pour gagner un peu d'argent ?
– Mais bien sûr ! approuve son père, très fier de constater que son fils prend enfin conscience de la valeur travail.
Quelques jours plus tard, quelqu'un sonne à la porte. Le père va ouvrir…

– Oui, bonjour, c'est pour quoi ? demande-t-il au visiteur.
– Bonjour, monsieur, je souhaite voir Toto.
– C'est mon fils, que lui voulez-vous ?
– C'est au sujet de l'annonce sur Leboncoin, je viens chercher la tondeuse qu'il m'a vendue.

---

La maîtresse demande à sa classe :
– Qui peut faire une phrase avec un complément d'objet direct ?
Pour une fois, Toto lève la main :
– Moi ! Moi !
– Ah ! Quelle est ta phrase, Toto ?
– Vous êtes la plus gentille maîtresse ! dit alors Toto.
– C'est très gentil mais… quel est le complément d'objet de cette phase ?
– Eh bien, le compliment, c'est « vous êtes gentille » et l'objet direct, c'est d'avoir une bonne note !

---

La maîtresse à Toto :
– Pourrais-tu me donner un exemple d'emploi saisonnier ?
– Maîtresse d'école !

---

# Devinettes

**Quelle différence y a-t-il entre nos mères avec nous lorsque nous étions petits et nos mères avec nos enfants ?**
Elles nous disaient : « Tu manges ce que l'on te donne ! », et à nos enfants, elles leur disent : « Tu n'aimes pas ? Tu veux qu'on aille au McDo ? »

---

**Quel point commun y a-t-il entre les îles Canaries et les îles Vierges ?**
Dans les îles Canaries, il n'y a pas de canaris. Et dans les îles Vierges… il n'y a pas de canaris non plus !

---

**Comment sait-on que nos vêtements d'été nous ont manqué ?**
Lorsqu'ils nous serrent très fort…

---

**Pourquoi ne faut-il pas y aller par quatre chemins?**
Parce que c'est quatre fois plus long.

---

**À quel moment, lorsqu'on regarde son café couler, comprend-on que l'on en a vraiment besoin pour être réveillé?**
Quand on s'aperçoit que l'on n'a pas mis de tasse…

---

**Quand sais-tu que tu es célibataire?**
Quand, dans le lit, le truc froid que tu sens sur ton pied gauche… c'est ton pied droit!

---

**Que nous apprend l'hippopotame?**
Que manger de la verdure ne fait pas perdre de poids!

---

**Comment sait-on que l'on n'a pas fait de sport depuis longtemps?**
Quand on retrouve des francs dans la poche du jogging…

---

# On ne dit pas

On ne dit pas « Ramadan », mais on dit : « Ève incite de la voix son compagnon à pagayer. »

———

On ne dit pas des « expatriés », mais on dit : « des anciens petits copains mal rangés ».

———

On ne dit pas la « syntaxe », mais on dit : « la fête des impôts ».

———

On ne dit pas : « C'est du patois nîmois », mais on dit : « Mais alors, c'est qui ? »

———

On ne dit pas « le mercato », mais on dit : « le maire croyant ».

———

On ne dit pas « un pistachier », mais on dit : « Il en fout partout, ce gros dégueulasse ! »

---

On ne dit pas : « Je suis allergique aux graminées », mais on dit : « Je déteste les gros chats ! »

---

On ne dit pas « Jean Moulin », mais on dit : « Je fais caca. »

---

On ne dit pas « la crème dessert », mais on dit : « le plus sympa des cervidés ».

---

On ne dit pas « un kangourou », mais on dit : « un utilitaire fauve ».

---

On ne dit pas « le garde des sceaux », mais on dit : « l'employé de la station-service ».

---

On ne dit pas « un bon appartement chaud », mais on dit : « un empereur sans bras ».

---

# Drôles de couples

Un homme demande à sa femme :
– Par quel petit nom aimerais-tu que je t'appelle ? Vodka, Whisky ou Tequila ?
– Hein ? Pourquoi des noms d'alcool ?
– Parce que tu me saoules !

---

– Il te fait des surprises, ton mari ? demande une femme à une amie.
– Oh oui, souvent ! Pas plus tard que ce week-end, il était sorti faire une course. En revenant à la maison, il m'annonce fièrement : « Chérie, je viens d'acheter un ensemble de jardin composé de treize pièces ! Tu ne regardes pas, je m'en occupe et je t'appellerai quand ce sera terminé ! »
– C'est adorable, tu as bien de la chance…
– Mouais… Au bout de trois ou quatre heures, il rentre enfin et me dit : « C'est bon, là, j'ai fini. »
– Et alors, c'était chouette ?
– Je suis allée voir dans le jardin et… j'ai découvert une chaise et douze canettes de bière vides !

---

Une femme téléphone à son mari :
– Tu es où ? Tu fais quoi ?
– Ben… dehors, je promène le chien. T'as pas confiance ou quoi ?
– Si, mais le chien est à la maison…

---

Un homme annonce à sa femme :
– Je te signale que ton fils a mis la voisine enceinte !
– D'abord, ce n'est pas « mon » fils, c'est « notre » fils. Ensuite, je ne vois pas comment il pourrait mettre la voisine enceinte, il n'a que 7 ans !
– Il a fait des trous dans mes préservatifs !

---

Une femme annonce à son mari son intention de commencer un régime.
– Pour y parvenir, j'ai besoin de ton aide, lui confie-t-elle.
– Oui, bien sûr, pas de problème !
– Il faut que tu m'encourages, d'accord ?
– D'accord… Allez, vas-y, ma grosse !

---

Une femme se confie à sa femme de ménage…
– Je suis persuadée que mon mari a une relation avec sa secrétaire… Qu'en pensez-vous ?
– Je pense que vous dites ça pour me rendre jalouse !

---

# Blagues coquines

Un homme propose à sa femme une nouvelle position pour faire l'amour…
– Mettons-nous dos à dos !
– Mais, s'étonne sa femme, on ne pourra jamais faire l'amour dans cette position ?
– Ne t'inquiète pas, Antoine et Sophie arrivent dans une minute !

———

Une prostituée se confie à une collègue :
– Y a un client chinois qui m'a bouffé la chatte pendant dix minutes !
– Bah ouais, c'est des choses qui arrivent, ma chérie !
– Oui mais quand même, pas avec des baguettes !

———

**Pourquoi les sourdes et muettes ne se masturbent-elles qu'avec la main droite ?**
Parce qu'elles utilisent la gauche pour gémir.

———

**Quel point commun y a-t-il entre l'amour et ses clefs ?**
C'est toujours dur à trouver quand on est pressé !

---

Une femme tend un pantalon à son mari qui attend dans une cabine d'essayage…
– Tiens ! Essaye celui-ci, c'est du 44 ! Tu as encore grossi…
– Pfff… Tu m'emmerdes ! peste le mari contre sa femme qui l'agace fortement. Et dire qu'avant je pouvais enfiler du 16 ans !
– Du 16 ans, c'est bien trop petit !
– Je ne parle pas de la taille !

---

Kate et le prince William sont dans un restaurant chinois.
– Que veux-tu manger ? demande William à Kate.
– Du canard.
– Laqué, Kate ?
– Aussi, mais du canard d'abord.

---

Melon et Melèche font la vaisselle.
Melon lave les assiettes, et Melèche, les poêles.

---

# Trop blondes

Une blonde parle boulot avec une amie.
– Mon patron ne cesse de me répéter que je suis une étoile !
– Ah bon ?
– Oui, tout le temps il me dit : « Vous êtes un des astres ! »

– Mon gros con de propriétaire m'a encore téléphoné pour que je lui paye son loyer ! dit une blonde à une amie.
– Ah… Tu vas le payer ?
– Qu'il aille se faire foutre, j'ai déjà du mal à payer le mien !

Une blonde trébuche dans la rue. Alors que sa copine l'aide à se relever, elle lui dit :
– Dommage, tu aurais pu découvrir la gravité si Isaac Newton ne l'avait pas fait en 1687…
– Ah bon ? Mais comment faisaient les gens avant ? Ils prenaient tout à la rigolade ?

– Es-tu satisfaite du faitout que tu as acheté ? demande une femme à sa copine blonde.
– Non, c'est une arnaque, il ne fait rien !

---

– Tu pars en vacances cette année ? demande une blonde à une collègue.
– En théorie…
– C'est où ?

---

– Chéri, il n'y a plus de lumière ! dit une femme blonde à son mari.
– Oui, je sais, il y a une coupure générale d'électricité ! lui répond-il.
– Ah merde ! Je vais vérifier s'il y a encore de l'eau !

---

**Quel point commun y a-t-il entre une autruche et une blonde ?**
Son œil est plus gros que son cerveau.

---

**Quelle différence y a-t-il entre une blonde et un calendrier de l'Avent ?**
Il lui manque une case…

---

# Dieu & Co.

**Quelle différence y a-t-il entre Jésus et Snapchat ?**
Jésus changeait l'eau en vin, Snapchat change les boudins en canons.

---

**Pourquoi Dieu ne nous a-t-il pas créés à son image ?**
Parce que nous serions tous invisibles…

---

Un prêtre fait une sieste sous un cerisier lorsqu'un craquement de branches le sort de ses songes. Il ouvre les yeux et aperçoit, dans l'arbre, une petite fille sans culotte en train de cueillir des cerises…
– Descends de là tout de suite ! ordonne le curé.
La petite fille s'exécute, puis le prêtre lui tend un billet de 10 euros :
– Tiens ! Donne ce billet à ta mère et dis-lui de t'acheter une culotte !
De retour chez elle, la petite fille relate sa mésaventure à sa mère.

– Il t'a donné 10 euros pour acheter une culotte ? Mais alors, si moi j'y vais, combien va-t-il me donner ?
N'hésitant pas une seconde, la mère court jusqu'au cerisier et monte dans l'arbre. Le curé, qui s'était de nouveau assoupi, est encore réveillé. Il ouvre les yeux et aperçoit dans l'arbre la mère sans culotte…
– Descendez de là immédiatement !
La mère s'exécute et le curé lui tend une pièce d'un euro :
– Tiens ! Va t'acheter un rasoir !

---

Un juif croise un autre juif et lui demande :
– Peux-tu me donner 20 euros ?
– Bien sûr, tiens.
– Mais… tu viens de me donner un préservatif?
– Oui, va niquer quelqu'un d'autre !

---

**Noms et traits de caractère des mères et sœurs du couvent Triloque :**
La mère Cerie vend des boutons.
La mère Inos, on peut sauter dessus.
La mère Leu siffle.
La sœur Cière est soupçonnée d'avoir pactisé avec des puissances occultes.

---

# Les répliques de ciné

– Bon, récapitulons. Si quelqu'un vous demande l'heure, du feu ou le chemin de la mer…
– On le flingue !
– Voilà !
***Les Barbouzes*** (1964), de Georges Lautner avec Lino Ventura, Bernard Blier, Francis Blanche

---

« Tes amis ont tort de traîner comme ça près de la rivière, ils s'exposent à attraper un rhume… ou une balle. »
***Le Bon, la Brute et le Truand*** (1966), de Sergio Leone avec Clint Eastwood, Eli Wallach, Lee Van Cleef

---

– Et pour le traiteur, j'ai pensé qu'on pourrait prendre Lenôtre.
– Pourquoi pas. Et qui c'est ?
– Comment ?
– Le traiteur, qui c'est ?
– C'est Lenôtre. Mais si vous préférez prendre le vôtre…

– Ah ! On peut prendre le vôtre !
– Parfait !
– Alors ? C'est qui ? … J'ai compris, vous voulez pas le dire ?
***La vérité si je mens !*** (1997), de Thomas Gilou avec Richard Anconina, José Garcia, Bruno Solo, Vincent Elbaz, Gilbert Melki

---

– Alors, Mémé ? C'est nous. Ça s'est bien passé ?
– Ça va, ça va… Mais si, l'année prochaine, vous pouviez me laisser une couverture pour la nuit ?
– Fallait pas vous gêner, mémé, fallait prendre le tapis !
***Le bonheur a encore frappé*** (1986), de Jean-Luc Trotignon avec Jean-Luc Bideau, Michele Brousse, Jean-Noël Brouté

---

– Ça farte, coquinc ?
– Ça farte !
– Tu sais, tu es comme la chaleur d'une canicule !
– Ah bon, c'est-à-dire ?
– Insupportable !
***Brice de Nice*** (2005), de James Huth avec Jean Dujardin, Bruno Salomone, Clovis Cornillac

---

# Humour noir

**Comment appelle-t-on le fait d'enfermer quelqu'un dans un congélateur ?**
C'est un *ice*-crime…

---

Le commis du boucher demande à ce dernier :
– Votre femme n'est pas là, ce matin ?
– Non, elle a eu un petit empêchement…
– Ah ! rien de grave ?
– Non ! Allez, mets-toi au boulot et viens m'aider à terminer cette terrine de compagne.

---

**Top 5 des dernières paroles que vous prononcerez peut-être juste avant de mourir :**
5) Tu peux me montrer comment on fait un nœud coulant ?
4) Ne fais pas tomber le sèche-cheveux dans mon bain, ça peut être dangereux.
3) Le docteur a dit que je pouvais.
2) Le dernier arrivé paye sa tournée !
1) J'ai bien étudié tous les risques et il n'y en a pas.

---

À la suite d'un grave accident de la circulation, un homme se réveille brusquement dans son lit d'hôpital. Il se met à hurler :
– Docteur ! Docteur !
– Que se passe-t-il ? lui demande l'infirmière.
– Aidez-moi ! Je ne sens plus mes jambes !
– C'est normal, monsieur. On vous a amputé des deux bras…

---

**Top 5 des mots que vous n'aimeriez pas entendre si vous étiez sur la table d'opération :**
1) J'ai la tremblote !
2) Vous n'auriez pas un couteau avec des dents ?
3) Je vais pas me faire chier, je lui enlève tout…
4) Comment ça, je n'ai plus la main ? Bandez-moi les yeux ! Vous allez voir ce que vous allez voir…
5) Que personne ne rigole, je vais tenter un truc !

---

Un couple connaît des difficultés financières et ne parvient plus à nourrir correctement ses quatre enfants.
– Je ne sais pas si nous allons nous en sortir ! dit le mari.
– Il faut que l'on fasse des sacrifices, lui répond sa femme.
– Tu as raison mais… lequel des quatre ?

---

# Les hommes les femmes

**Pourquoi klaxonne-t-on durant les mariages?**
Pour prévenir d'un danger imminent…

---

Un homme se confie à un ami:
– Ma femme est folle, elle perd la tête!
– Tu plaisantes?
– Non, elle parle à un ami imaginaire. Elle l'appelle Médée.
– C'est vrai?
– Oui! Quoi qu'elle fasse, elle n'arrête pas de dire: «Tu viens Médée?» Mais moi, je ne dis rien, je fais comme si de rien n'était…

---

**Que faire quand on s'aperçoit que l'on ne peut pas faire grandir un homme?**
Le rendre à sa mère!

---

**Quel point commun y a-t-il entre parler à une femme et à un policier ?**
Tout ce que vous dites pourra être utilisé contre vous…

---

**Quel point commun y a-t-il entre un vieux mec célibataire et un paquet de chips nature ?**
C'est fade, mais on se le tape quand même s'il n'y a rien d'autre…

---

**Pourquoi Netflix est mieux qu'un mec ?**
Parce que sur Netflix, il y a un bouton « Passer au suivant » !

---

**Quelle différence y a-t-il entre un vieux meuble et son ex ?**
On peut retaper un vieux meuble, mais surtout pas se retaper son ex !

---

Une femme rentre chez elle et annonce à son mari :
– Oh ! là, là, j'te raconte pas ma journée !
– Ah ! super, merci !

---

# Perles des assurances

– Dans quoi étiez-vous au moment de l'accident ?
– Je portais une chemise et un jean…

———

« Il faut dire aussi que le rond-point n'était pas très très rond. »

———

« Je ne participais pas à une bagarre, c'est moi qui me suis fait casser la figure ! »

———

« Je témoigne avoir vu l'accident, mais je ne me rappelle rien. »

———

« L'accident n'est pas ma faute. C'est la faute à “pas de chance”. »

———

« Je me suis fait voler mon antivol, est-ce remboursé ? »

---

« L'automobiliste m'a pris par-derrière alors j'en ai pris un autre par-devant. »

---

« La marche avant ne marchant pas, je roulais normalement en marche arrière… »

---

« Tous les conducteurs conduisaient leur voiture au moment de l'accident. »

---

« La roue de secours ne m'a pas été d'un grand secours. »

---

« La vitesse à laquelle il roulait était approximativement : très vite. »

---

« La voiture arrivait en face de moi. Heureusement, j'ai eu le réflexe de me baisser. »

---

# Les copains, les copines

– Franchement, tu sais ce que les hommes cherchent chez une femme ? demande une fille désabusée à une copine.
– Le clito...

---

Une fille se plaint auprès d'une copine :
– J'en ai marre de tous ceux qui parlent sur mon dos !
– Ouais, c'est dégueulasse ! Il y a tellement plus de choses à dire sur ton cul !

---

– Alors, raconte-moi ta nuit avec ton nouveau mec ! demande une file à son amie.
– Au lit, c'est un animal !
– Waouh ! Quel genre d'animal ?
– Un paresseux...

---

– Alors tu as préparé ton *body summer* ? demande une fille à une copine.
– Oui, j'ai acheté une crème *Goodbye cellulite* !
– Efficace ?
– Ben... Apparemment, ma cellulite ne comprend pas l'anglais...

———

– Je ne trouve pas une nana qui accepte de sortir avec moi ! se plaint un gars à un copain.
– Bah oui ! T'es trop moche, faut t'y faire !
– Je suis peut-être pas beau mais, pourtant, à une époque, toutes les femmes voulaient m'embrasser !
– Quand ça ?
– J'avais 3 mois...

———

Deux lycéennes attendent leur bus.
– Je me trouve grosse... dit la première à son amie.
– Mais non, je t'assure !
– Si, je ne rentre même plus dans du 34 !
– Je te parie le contraire.
– O.K...
– Bon, tu laisses passer le bus 171 de 17 h 15, et tu prends le prochain à 17 h 25. Tu peux pas te tromper, c'est le 34 ! Et tu verras que tu pourras y entrer !

———

# Idées à la con pour redresser la France

**Économie d'énergie**
Les expressions «Je te tiens au courant» et «À plein gaz» ne doivent être utilisées qu'en cas d'extrême nécessité.

---

**Économie des ressources naturelles**
L'eau est précieuse, buvez de l'alcool.

---

**Économie d'énergie**
Afin de réaliser des économies de chauffage, passez votre hiver dans un pays chaud.

---

**Écologie**
En période de forte pollution atmosphérique, il ne sera autorisé de respirer qu'une fois sur deux afin de réduire de 50 % le rejet de dioxyde de carbone dans l'air.

---

**Économie d'énergie**
L'hiver, n'allumez pas le chauffage, cela vous permettra de débrancher le frigo.

---

**Protection de l'environnement**
Protéger le littoral en interdisant aux vacanciers l'accès à la côte atlantique les années paires et à la côte méditerranéenne les années impaires. Cette mesure devrait aussi permettre de développer le tourisme sur les côtes bretonnes.

---

**Économie d'énergie**
Tous ceux qui se prennent pour des lumières devront la mettre en veilleuse !

---

**Moral des Français**
Suppression de la journée du lundi, qui sera remplacée par une journée post-dimanche.

---

**Économie d'énergie**
Afin d'économiser l'eau chaude, il est fortement recommandé de revêtir une combinaison de plongée pour prendre sa douche.

---

# La ronde des métiers

## Père Noël

Le père Noël en a plein les bottes. Cette année, la préparation des cadeaux a été un vrai calvaire. Mais le pire, ce fut de réussir à tout caser dans le coffre de ce p… de traîneau ! Il est plein à craquer ! Le père Noël a passé deux heures rien qu'à fermer le coffre à jouets. Soudain, un petit ange doré et aux ailes immaculées arrive…

– Père Noël !

– Grrr…

– Père Noël ! Père Noël !

– Quoi !!! Qu'est-ce qu'il y a ? Qu'est-ce que tu veux ?

– Père Noël ! Tu as oublié de mettre ce sapin de Noël magique dans le coffre. Où je le mets ?

Et c'est depuis ce jour que l'on met le petit ange au sommet des sapins de Noël…

---

## Responsable du recrutement

Une responsable du recrutement reçoit une candidate :

– J'ai lu dans votre CV que vous étiez experte en médecine, en géopolitique, en éducation, en linguistique et dans encore bien d'autres domaines…
– Exact, je fais des commentaires sur Facebook !

---

**Paysan**

Un paysan luxembourgeois remarque un jeune touriste en train de remplir sa gourde d'eau dans le ruisseau. Il l'apostrophe :
– *Jonke Mann, drénkt dëst Waasser net, d'Kéi maachen hir Geschäfter dran !* (« Jeune homme, ne bois pas cette eau, les vaches font leur besoin dedans ! »)
– Je parle pas ton dialecte de merde, t'as qu'à parler français ! répond le touriste.
– Je disais, reprend le paysan en français, « Bois l'eau doucement, elle est très fraîche ! »

---

**Serveur**

Le patron d'un café s'adresse à son serveur :
– Pourquoi vous ne servez pas ce client ?
– Lui ? Bah… ça fait une heure qu'il chante du Claude François ! J'en peux plus de son « Eh, Magnoliaaa ! »
– « Eh, ma gnole, là ! ! ! »

---

# Les questions connes

Pourquoi tous les parents disent que leurs enfants sont les plus beaux du monde alors que les enfants les plus beaux du monde ce sont les miens ?

---

Comment un gros fainéant a-t-il pu un jour être le premier des spermatozoïdes ? Les autres étaient déjà morts ?

---

Pourquoi ceux qui ont l'esprit fermé n'ont-ils pas aussi leur bouche fermée ?

---

Pour maintenir la flamme dans un couple, faut-il toujours s'allumer ?

---

L'impôt sur le revenu, c'est ce que doit te payer ton ex quand il revient ?

---

Quand on rêve de voyage, est-ce pour cela qu'on a des valises sous les yeux ?

———

Comment un non-voyant peut-il déshabiller quelqu'un du regard ?

———

Ceux qui restent ensemble uniquement parce qu'ils ont un crédit sur la maison, la voiture, la télé, est-ce parce que l'amour est dans le prêt ?

———

L'intelligence artificielle a-t-elle été inventée pour lutter contre la connerie naturelle ?

———

D'après les statistiques, peut-on dire qu'un Français sur Sète a plus chaud qu'un Français sur Troyes ?

———

Un végan, est-ce que ça riz ?

———

Quand on dit d'une personne qu'elle est consternante, « sternante » n'est-il pas de trop ?

———

# C'est la crise

**Pourquoi les femmes sont-elles contentes de la hausse du carburant ?**
Parce que leur prince charmant va peut-être enfin arriver sur son cheval blanc !

---

Affalé dans le canapé, un homme suit à la télévision un reportage sur Vladimir Poutine.
– Celui-là, peste-t-il, on pourra dire qu'il aura marqué le monde de son empreinte ! Et pas en bien !
– C'est certain ! confirme sa femme. Mais toi, la seule empreinte que tu laisseras dans ce monde, c'est celle de tes fesses dans le canapé !

---

**Qu'y a-t-il de plus effrayant que de se faire courser par un mort vivant ?**
Recevoir sa facture d'électricité…

---

**Pourquoi Doc et Marty retournent-ils toujours dans le passé ?**
Pour faire le plein d'essence !

---

**Qu'y a-t-il de plus difficile que de trouver l'amour ?**
Faire un plein d'essence pas cher...

---

**Quelle différence y a-t-il entre une grosse paire de fesses et un compte en banque ?**
Le compte en banque fond plus rapidement !

---

Vladimir Poutine consulte son médecin particulier. Depuis sa naissance, il souffre d'un mal étrange qu'il cache et s'est enfin décidé à en parler... Devant son médecin, il retire alors sa veste et sa chemise, et le médecin découvre avec stupeur un crapaud assis sur le dos de Poutine ! Le médecin demande :
– Mais comment avez-vous attrapé ça ?
Et le crapaud répond :
– Je ne sais pas. Ça a commencé par une verrue au cul !

---

# Hommes et femmes en blanc

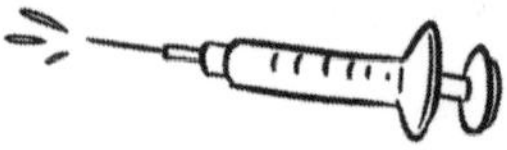

Un homme se rend dans une pharmacie pour acheter des préservatifs.
– Vous souhaitez un sac ? lui demande le pharmacien.
– Non, ça ira, elle n'est pas moche à ce point…

———

Une vieille femme sur le point de mourir est alitée chez elle. Le docteur l'examine et demande à son mari :
– Elle râle depuis longtemps ?
Et il lui répond :
– Depuis que nous sommes mariés !

———

Une psychologue se confie à une consœur :
– J'ai une patiente que je fais pleurer à chaque séance…
– Volontairement ?
– Oui.
– Mais pourquoi donc ?
– J'ai constaté qu'elle avait un mascara qui ne coulait pas. Je vérifie à chaque fois qu'elle n'en a pas changé, mais ensuite, je n'ose plus lui demander la marque…

———

Un homme demande à une pharmacienne :
– Ma femme a besoin d'un sirop contre la toux.
– Bien. Elle est grasse ?
– Elle a pris du poids, oui...

---

Une jeune femme se rend chez un gynécologue.
– C'est la première fois que l'on se voit, est-ce aussi la première fois que vous consultez un gynécologue ?
– Oui...
– Déshabillez-vous et allongez-vous ici, je vais vous examiner.
La jeune femme s'exécute.
– Est-ce que vous êtes toujours vierge ? lui demande le gynécologue.
– Oui, docteur.
Le docteur l'examine et lui dit :
– Oui, votre hymen est intact, cependant... j'aperçois sept tout petits trous dedans ? C'est la première fois que je vois ça ! Auriez-vous une explication, mademoiselle... Quel est votre nom déjà ?
– Blanche-Neige, docteur.

---

Après une séance de psychanalyse, la psychiatre annonce à son patient :
– Je pense que vous souffrez d'immaturité.
– M'en fous ! C'est ç'ui qui dit qui y est !

---

# Mots d'esprit

«Pour savoir qui vous gouverne réellement, cherchez qui vous n'avez pas le droit de critiquer.»

**Voltaire**

---

«Le seul moment où une femme écoute attentivement ce que dit son mari, c'est lorsqu'il parle en dormant.»

**Jean Yanne**

---

«Se faire tuer ne prouve rien; sinon qu'on n'est pas le plus fort.»

**Denis Diderot**

---

«Le chômage, ça n'existe pas parce qu'il y a le travail. S'il y avait plus de travail, il y aurait plus de chômage. Le problème, c'est le travail.»

**Jean-Claude Van Damme**

---

« Après la mort, l'esprit quitte le corps... Sauf chez les cons, chez eux ça se passe de leur vivant. »

**Philippe Geluck**

———

« Napoléon n'était qu'à moitié corse : il ne croisait qu'un seul bras ! »

**Coluche**

———

« L'enfant est un fruit qu'on fit. »

**Léo Campion**

———

« Elle était belle comme la femme d'un autre. »

**Paul Morand**

———

« On compare souvent le mariage à une loterie. C'est une erreur car, à la loterie, on peut parfois gagner. »

**George Bernard Shaw**

———

« Je rappelle qu'aux échecs, si la victoire est brillante, l'échec est mat ! »

**Coluche**

———

# Ces chères têtes blondes

Une maman pense qu'il est temps d'expliquer à sa fille comment les bébés naissent…
– Veux-tu que je t'explique comment les bébés arrivent dans le ventre de la maman ? lui demande-t-elle.
– Non, c'est bon. Mais tu peux me dire comment on fait pour simuler ?

———

Un petit garçon dit à son papa :
– Papa ! Aujourd'hui, à l'école, on m'a dit qu'on pouvait avoir des enfants dans une éprouvette ! Dis, c'est pas vrai, hein ?
– Malheureusement, c'est bien réel. La preuve : j'en ai eu un dans une cruche !

———

– Maman, cette nuit j'aimerais dormir avec Superman, Captain America, Batman et Iron Man !
– Oui, mon fils. Moi aussi, moi aussi…

———

Une maman est enceinte de son second enfant. Sa fille de 4 ans la questionne :
– Je vais avoir un petit frère ou une petite sœur ?
La maman lui explique :
– Le docteur va faire une photo et on pourra voir ce que c'est. Sauf s'il est mal placé !
– Ou qu'il a remis sa culotte ! ajoute la petite fille.

La maîtresse interroge les élèves de sa classe sur l'histoire du *Petit Chaperon rouge* qu'elle vient de leur raconter.
– Pendant que le loup attend le Petit Chaperon rouge, qui se souvient de ce qu'il enfile ?
– La grand-mère ! répond un petit garçon.

Dans la galerie marchande d'un grand centre commercial, les enfants se font photographier avec le père Noël. Une petite fille s'installe à ses côtés et le père Noël lui demande :
– Alors ? Qu'est-ce que tu veux pour Noël ?
Et la petite fille lui répond :
– T'as même pas reçu mon mail ?

# Les plus courtes sont les meilleures

Le saviez-vous ?
Dans l'utérus, l'anus des humains se forme avant tout autre orifice. Nous avons donc tous été, à un moment de notre vie, rien d'autre qu'un trou du cul. Ensuite, certains se sont développés, d'autres non…

---

Une femme lance à sa collègue de bureau :
– Toi, tu es en avance sur ton temps !
– Merci, pourquoi tu dis cela ?
– Tu n'as pas attendu que l'on soit vendredi pour avoir des cernes !

---

Une femme célibataire sonne à la porte de son voisin célibataire…
– Bonjour, navrée de vous déranger… Je voulais vous dire que je viens de gagner un voyage aux Baléares pour deux personnes et j'ai pensé à vous…
– Ah ? Eh bien, oui !
– C'est gentil, vous pourriez nourrir mon chat durant mon absence ?

---

Tout en consultant Google Maps sur son portable, une jeune fille demande à son père :
– La Grèce, c'est où ?
– Sur le cul de ta mère !

---

Un vendredi soir, juste avant de partir, un type prévient son patron :
– Je suis désolé, je risque d'être un peu en retard lundi…
– Ah ! Et vous pensez arriver quand ?
– Mardi.

---

Un homme à sa collègue de bureau :
– Tous mes vœux, Maria !
– Non, yé souis désolée, mais yé né té veux pas…

---

**Quelles sont les cinq étapes de la préparation d'un plat sous vide ?**

1) On ouvre le paquet.
2) On retire son contenu.
3) On jette le paquet dans la poubelle.
4) On pose le contenu où on peut.
5) On retire le paquet de la poubelle pour lire les instructions de préparation.

---

# Monsieur et Madame...

Monsieur et Madame **Hikétamere** ont un fils.
Comment l'appellent-ils ?
Evan. (Hé, va niquer ta mère !)

---

Monsieur et Madame **Como de Laireste** ont une fille.
Comment l'appellent-ils ?
Elsa. (Elles accommodent les restes.)

---

Monsieur et Madame **Bistrucla** ont un fils.
Comment l'appellent-ils ?
César. (C'est zarbi, ce truc-là !)

---

Monsieur et Madame **Change de Voy** ont une fille et un fils. Comment les appellent-ils ?
Ella, Samuel. (Elle a sa mue, elle change de voix.)

---

Monsieur et Madame **Chonsebalance** ont un fils.
Comment l'appellent-ils ?
Denis. (Deux nichons se balancent.)

---

Monsieur et Madame **Chemonfisse** ont deux fils.
Comment les appellent-ils ?
Thibaut et Thierry. (T'es beau et t'es riche, mon fils !)

---

Monsieur et Madame **Conné** ont une fille.
Comment l'appellent-ils ?
Sandie. (Sans déconner ?)

---

Monsieur et Madame **Craiman** ont un fils.
Comment l'appellent-ils ?
Alex. (Ah, l'excrément !)

---

Monsieur et Madame **Cléssoulaporte** ont une fille.
Comment l'appellent-ils ?
Jamila. (J'ai mis la clef sous la porte.)

---

# Drôles de couples

– Un homme décède et monte au paradis. Dix ans plus tard, sa femme meurt à son tour et le rejoint au ciel.
– Oh ! mon chéri, que je suis heureuse de te retrouver ! s'exclame sa femme en courant vers lui.
– Stop ! hurle alors son mari. Il me semble que le curé avait été très clair : « jusqu'à ce que la mort vous sépare » !

---

Deux anciennes amies se retrouvent et prennent des nouvelles l'une de l'autre :
– Toujours avec ton mari ?
– Non, j'ai fini par le quitter !
– Entre nous, c'est vrai qu'il était plutôt immature…
– Oui. Et il n'a jamais mûri, il a juste pourri !

---

Un gars explique à un copain :
– Violette m'a quitté sous prétexte que je suis daltonien !
– Elle ne s'appelait pas Rose ?
– Ben voilà…

---

– Tu me trouves belle ? demande une fille à un gars.
– Je te préfère en hiver qu'en été, lui répond-il.
– Pourquoi ?
– Il fait nuit plus vite, t'es moche moins longtemps !

---

Au petit matin, un couple qui vient de faire l'amour pour la première fois s'éveille…
– Ça va ? Je ne fais pas trop peur toute démaquillée et les cheveux ébouriffés ? demande la jeune femme au garçon.
– Eh bien, je dirais que ce n'est pas Morphée qui t'a prise dans ses bras cette nuit… c'est plutôt Morflée !

---

– Quel est le secret de la réussite de ton couple ? demande une femme à une amie.
– L'équilibre, même dans les situations de désaccord !
– Et c'est quoi, une relation équilibrée quand on est en désaccord ?
– C'est simple : un jour, j'ai raison, et le lendemain, c'est lui qui a tort !

---

– Comment tu trouves mon nouveau maquillage ? demande une femme à son mari.
– Jongle un peu, pour voir ?

---

# Devinettes

**Quelles sont les deux exceptions où l'on ne doit jamais faire la liaison avec une voyelle qui suit une consonne ?**
Dans les phrases « L'achat à maman » et « L'habit à papa ».

———

**Pourquoi devrait-on remplacer tous les jours de l'année par le 1er avril ?**
Pour que les gens vérifient les sources des informations avant de les croire et de les partager !

———

**Quel avantage y a-t-il à avoir de grosses cuisses ?**
On n'a pas besoin de repasser ses pantalons !

———

**Pourquoi pourrions-nous tous devenir proctologue ?**
Parce que nous sommes tous capables de reconnaître un trou du cul quand on en voit un !

———

**Quand le train donne-t-il l'impression de voyager dans un avion qui fait des loopings ?**
Lorsqu'on visite les toilettes…

---

**Que dirait un melon si on lui donnait la parole ?**
« Si vous pouviez arrêter de me sentir le cul et de me tordre la queue… »

---

**Quelle différence y a-t-il entre un compte Facebook et un compte bancaire ?**
L'un fait rire, l'autre pleurer…

---

**Quand peut-on se dire que l'on est resté un enfant ?**
Lorsqu'on ne parvient pas, même adulte, à ouvrir les bouchons de sécurité sur les produits ménagers !

---

**Que feraient les abeilles si elles suçaient le sang au lieu de récolter le pollen ?**
Elles fabriqueraient du boudin.

---

# L'abus d'alcool est dangereux pour la santé

Un alcoolique se confie à un gars :
– Tu sais que, de toute ma vie, je n'ai jamais vu la rosée du matin ?
– Ah bon ? Comment est-ce possible ?
– À cause du rosé de la veille…

---

**Comment sait-on que l'on est devenu alcoolique ?**
Quand on ne te dit plus bonjour, mais que l'on te dit : « Une bière ? »

---

Un médecin interroge un patient sur sa consommation d'alcool :
– Buvez-vous de manière occasionnelle ou régulière ?
– Je ne bois qu'à l'occasion ! répond le patient.
– Très bien.
– Mais les occasions sont régulières…

---

Un homme se rend à une réunion des Alcooliques anonymes. La personne qui mène la réunion lui demande :
– Explique-nous ce qui te pousse à boire.
– Ben… en fait, moi, je ne veux jamais boire. Ma petite voix intérieure me dit : « Ne bois pas, ce n'est pas bon pour toi ! »
– Et ensuite ?
– Ensuite, il y a une autre petite voix qui arrive et qui me dit : « Ne l'écoute pas, elle est bourrée ! »

---

Depuis que sa femme est enceinte, un homme soupçonne cette dernière de rajouter de l'eau dans son whisky pour qu'il boive moins. Il a un drôle de goût… Pour en être certain, il fait analyser son whisky dans un laboratoire. Quelques jours plus tard, il va chercher les résultats :
– Il n'y a aucun doute, monsieur. Votre femme est bien enceinte. Mais il faut qu'elle arrête de boire, on a retrouvé du whisky dans ses urines !

---

**Pourquoi les alcooliques aiment-ils le passage à l'heure d'été ?**
Parce que l'heure de l'apéro est avancée d'une heure !

---

# Dictons à la con

Orang-outan qui se gratte le gland, mauvais temps. Orang-outan qui se gratte le cul, il ne fera pas beau non plus.

———

Au pays des borgnes, les cyclopes sont aveugles.

———

Caca de fête, caca qui fouette.

———

Qui mange un chien chie ouah ouah.

———

Qui mange un oignon rote comme un démon.

———

Quand vient l'automne, au premier courant d'air dans la culotte, il ne faut plus tondre la marmotte.

———

Caleçon qui gratte, morpions qui squattent.

---

Donné, c'est donné. Repeindre ses volets.

---

Fellation du matin, repos du vagin.

---

Quand vient le mois de novembre, range ton membre.

---

Gourdin du matin, pipi sans les mains.

---

Horizon pas net, reste à la buvette.

---

Qui rit le dernier pense le moins vite.

---

Il n'y a jamais loin de la croupe aux lèvres.

---

Quand les mouettes ont pied, il est temps de virer.

---

# Trop blondes

**Quel point commun y a-t-il entre un Kinder Surprise et les blondes ?**
Toujours une connerie à l'intérieur.

———

Une blonde pleure toutes les larmes de son corps…
– Que t'arrive-t-il, lui demande son mari ?
– J'ai fait trois tests de grossesse…
– Et ?
– Les trois sont positifs, on va avoir des triplés !

———

**Quelle différence y a-t-il entre une bière blonde et une femme bonde ?**
L'une fait pisser, l'autre fait chier.

———

Une brune se place devant une amie blonde, fait un tour de passe-passe autour d'elle avec les mains, puis lui dit :
– Abracadabra !

– Rabadaca quoi ?
– Ah ben non, t'es toujours aussi conne…

---

Une blonde marche à reculons…
– Mais enfin, pourquoi marches-tu ainsi ? lui demande son amie.
– Ma psy m'a dit que je devais prendre du recul sur les choses.

---

– Mais qu'est-ce que tu fais, assise sur le vélo d'appartement ? demande un homme à sa femme blonde.
– Je fais du sport !
– Ça fait surtout trente minutes que tu ne pédales pas !
– Je suis en descente !

---

Une blonde passe son permis de conduire. Soudain, elle éclate de rire !
– Mais pourquoi riez-vous ? l'interroge l'examinateur.
– Hi hi hi ! C'est à cause du panneau ! Hi hi hi !
– Mais quel panneau ?
– Hi hi hi ! Le panneau… Hi hi hi ! « Attention, rigoles sur 1 km » ! Hi hi hi !

---

# Blagues coquines

Une femme entre dans un bureau de tabac et demande au buraliste :
– Bonjour, je voudrais une cartouche de Camel.
Le buraliste se tourne et hurle en direction de l'arrière-boutique :
– Kamel, c'est pour toi !

---

Un gars demande à son collègue de bureau de lui rendre un service :
– Je couche avec la femme du patron et là, je dois aller la rejoindre…
– Hou ! là, là !
– T'inquiète pas… Par contre, est-ce que tu peux retenir le boss au bureau pendant une bonne heure ? Je ne voudrais pas qu'il nous surprenne en rentrant chez lui !
– Heu… oui, je vais essayer.
Le type quitte prestement son boulot pour rejoindre la femme, et le collègue va immédiatement dans le bureau du patron pour lui poser une multitude de questions concernant le travail… Au bout de vingt minutes et à court d'idées, il craque et avoue à son

supérieur que son collègue lui a demandé de l'occuper pour avoir le temps de coucher avec sa femme… Le patron dit alors à son employé :
– Je comprends… C'est très drôle !
– Pardon ?
– Oui, parce que je n'ai pas de femme… Par contre, si j'étais vous, je rentrerais vite chez moi !

Melon et Melèche jouent au Scrabble.
Melon pioche le O, et Melèche, le Q.

**Quel point commun y a-t-il entre un chat et une bite ?**
Ils ne savent pas ce qu'ils veulent : dehors, dedans, dehors, dedans…

Un homme se retrouve dans la chambre d'une rencontre d'un soir…
– J'ai quelque chose à t'avouer, lui dit cette dernière. Je n'ai pas d'utérus !
– Ah ben, c'est pas grave, fais-moi du thé anglais !

# Les répliques de ciné

– Je ne vois aucun endroit moelleux où atterrir !
– Tu peux toujours compter sur ton cul !
***Bridget Jones : L'âge de raison*** (2004), de Beeban Kidron avec Renée Zellweger, Colin Firth, Hugh Grant

---

« Mais je vous en prie, figurez-vous que Thérèse n'est pas moche. Elle n'a pas un physique facile… C'est différent. »
***Le père Noël est une ordure*** (1982), de Jean-Marie Poiré avec Anémone, Marie-Anne Chazel, Thierry Lhermitte, Gérard Jugnot, Josiane Balasko, Christian Clavier

---

– J'ai eu des regards avec une nana, à mon avis, y aura des ouvertures.
– Ah oui, tu penses à ma femme ?
– Non, pourquoi elle pense à moi, ta femme ?
***Les Bronzés*** (1978), de Patrice Leconte avec Michel Blanc, Marie-Anne Chazel, Christian Clavier, Thierry Lhermitte, Gérard Jugnot, Josiane Balasko

---

– Putain, c'est la merde… Y a plus de Benco nulle part ! Chez Carrefour, plus de Benco… À la supérette, plus de Benco…
– Et chez Champion ?
– Plus de Benco nulle part…
– Avec tous les campings qu'il y a dans le coin, aussi… Bon bah, te caille pas le lait, mon Patrick, j'boirai du Nesquik !
***Camping*** (2006), de Fabien Onteniente avec Franck Dubosc, Gérard Lanvin, Mathilde Seigner, Claude Brasseur

---

– L'honnêteté, ça se paye.
– L'éducation, ça s'apprend pas.
***Le cave se rebiffe*** (1961), de Gilles Grangier avec Jean Gabin, Bernard Blier, Martine Carol, Maurice Biraud

---

– Vous voulez un whisky ?
– Juste un doigt !
– Vous ne voulez pas un whisky d'abord ?
***La Cité de la peur*** (1994), d'Alain Berbérian avec Alain Chabat, Chantal Lauby, Gérard Darmon, Dominique Farrugia

---

# Atroces et bien dégueus

– Un Marseillais raconte ses exploits de la nuit...
– Oh ! putain, con ! Cette nuit, con, j'ai fait l'amour à une gonzesse... je te raconte pas ! Elle avait le clitoris comme un cornichon !
– Oh ! peuchère... Tu déconnes ? Aussi gros qu'un cornichon ?
– Non, con ! Aussi aigre !

---

**Qui a un petit minou qui sent la moule ?**
La Petite Sirène !

---

Les parents d'une petite fille non voyante font une grande annonce à cette dernière :
– Chérie, nous avons une formidable nouvelle ! Ce soir, tu vas mettre un peu de cette nouvelle pommade sur tes yeux, et demain matin... tu auras recouvré la vue ! La petite fille se met à pleurer de bonheur et, avant d'aller se coucher, se met la pommade sur les yeux. Le lendemain matin, elle rejoint ses parents qui déjeunent

dans la cuisine et leur dit avec des sanglots plein la voix :
– Je… je ne vois pas !
Ses parents lui répondent alors en chœur :
– Poisson d'avril !

---

Un prêtre est accusé de pédophilie.
– On vous reproche d'avoir exhibé votre sexe et de vous être masturbé devant les enfants de chœur, lui dit le gendarme en charge de l'enquête. Qu'avez-vous à dire ?
– Il ne faut pas se fier aux apparences, elles sont parfois trompeuses, répond l'homme d'Église. Comme dit le proverbe : « La bite ne fait pas le moine » !

---

Un enfant demande à son père :
– Papa, je veux un vélo !
– Non…
– Papa, je veux un vélo !
– J'ai dit « non ».
– Papa, je veux un vélo !
– Ça suffit ! Non, c'est non !
– Papa, je veux un vélo !
– Mais c'est pas vrai ! s'écrie le père. En plus d'être tétraplégique, il est con !

---

# Blagues à papa

**Qu'est-ce que le Graal ?**
Une sorte de vaase…

---

**Comment s'appelle le super-héros qui ne mange que des fayots ?**
Pétomane !

---

**Pourquoi faut-il raconter des histoires drôles à ses vêtements ?**
Pour qu'ils soient pliés !

---

**Comment s'appelait la fille de Guillaume Tell ?**
Taglia.

---

**Dans la famille Razzi, qui est le photographe ?**
C'est le papa Razzi.

---

**Quelle différence y a-t-il entre « Ah ! », « Ah, ah ! », « Ah, ah, ah ! » et « Ah, ah, ah, ah ! » ?**
« Ah ! » marque la surprise, « Ah, ah ! » le rire, « Ah, ah, ah ! » un rire sarcastique, « Ah, ah, ah, ah ! » *Stayin' alive, stayin' alive...*

---

**Que dit le hibou à sa femme avant qu'ils ne s'endorment ?**
– Je te chouette une bonne journée !

---

**Comment s'appelle la femelle du condor ?**
La chambre à coucher, parce que c'est la condor...

---

**Quelle femme fait ses besoins dans une litière ?**
Cat Woman.

---

**Que possèdent tous les Bretons ?**
Imper et une mer !

---

**Que dit une feuille de papier qui tombe à l'eau ?**
– J'ai pas pied !

---

# Perles de coiffeurs

***Ne jamais contredire un client! On ne le répétera jamais assez, le client a toujours raison.***

– Il faudrait me faire un shampoing anti-grattage.
– Vous avez des démangeaisons sur le cuir chevelu?
– Je sais pas…
– Ça vous gratte?
– Oui.
– Alors shampoing anti-grattage.

———

***Un client masochiste?***

– Bonjour! Est-ce que vous auriez le temps de me découper?

———

***La coupe de cheveux idéale pour une cliente? C'est celle que le mari remarquera et commentera d'un «Tiens! Tu es allée chez le coiffeur?»***

– On les boucle? Comme la dernière fois?
– Pas la peine! Quand je suis rentrée chez moi, j'ai demandé à mon mari s'il aimait mes boucles… Il m'a

répondu qu'on ne pouvait pas les voir parce que mes cheveux cachaient mes oreilles !

---

***Il faut croire que certaines clientes ont en marre d'entendre la sempiternelle question :***

– Y a combien de temps que vous êtes venue ?

– Pfff... Depuis pas assez longtemps !

---

***À Paris, les salons de « massages » sont en pleine expansion et peuvent attirer une nouvelle clientèle...***

– Votre salon fait aussi des massages ?

– Oui.

– D'accord. Et on peut choisir sa masseuse ?

– Mais... de quoi parlez-vous ? Nous faisons un massage du cuir chevelu à nos clients...

– Ah ! Je croyais...

– Vous croyez mal.

---

***Un client pas compliqué :***

– Comment les coupe-t-on ?

– Comme vous voulez ! Je m'en fiche, je porte toujours ma casquette !

---

# Devinettes

**Quand développe-t-on notre beauté intérieure ?**
Quand notre beauté extérieure disparaît…

---

**Qui, encore plus que les voleurs, apprécie qu'on dorme la fenêtre ouverte ?**
Les moustiques !

---

**Pourquoi les chaises sont-elles prétentieuses ?**
Elles se prennent souvent pour des armoires…

---

**Quand le lundi matin cessera-t-il d'être un jour détesté ?**
Pas avant d'avoir eu 64 ans…

---

**Pourquoi le nerf auditif est-il le plus long ?**
Parce que ce qui pète les oreilles casse aussi les couilles !

---

**Quel point commun y a-t-il entre reprendre le travail et refaire du vélo ?**
Ça ne s'oublie pas, mais ça fait super mal au cul !

---

**Qu'est-ce qui appartient à ceux qui se lèvent tôt ?**
La dernière dosette de café !

---

**Qu'est-ce que le bonheur ?**
C'est quand les emmerdes se reposent…

---

**Combien de temps dure une minute ?**
Tout dépend de quel côté de la porte des WC on se trouve !

---

**Quelle différence y a-t-il entre un lave-linge, un sèche-linge et un frigo ?**
Le lave-linge lave le linge, le sèche-linge le sèche et le frigo les fait rétrécir !

---

**Que faut-il faire pour prendre soin de ses dents ?**
Ne jamais se mêler des affaires des autres…

---

# Comment se débarrasser des cons

**La méthode radicale**
Si vous enterrez un con, n'oubliez pas de planter par-dessus une espèce protégée, cela interdira les fouilles à cet endroit !

---

**La méthode magique**
Avec un vieux chiffon, du fil et quelques aiguilles, fabriquez une poupée à l'effigie de votre con. Reconverti en sorcier vaudou, pratiquez la magie noire en faisant subir les pires sévices à votre figurine. Et si cela n'avait aucune influence sur votre con, cela aura au moins eu le mérite de vous défouler !

---

**La méthode radicale**
Le meilleur moyen de se débarrasser d'un con est de creuser sa tombe le soir d'Halloween, tout le monde pensera à une mise en scène !

---

**L'irrespectueux**

Le voisin qui aime tondre le dimanche matin… quelle plaie ! Un samedi soir, jetez des cailloux et des boulons sur sa pelouse. Le lendemain matin, vous serez réveillé par des « Schcratchhh ! Bling ! Bling ! Pam ! » suivis d'un « Putain, merde ! Fais chier ! » Et là, vous pourrez vous rendormir, bercé par le sentiment d'avoir accompli une bonne action, avec un petit rictus de squale à vos lèvres…

---

**La méthode pratique**

Pourquoi emprunter de l'argent à des amis ? Autant demander à un con. Idem pour vous aider à déménager, pour écouter vos soucis et emmerdes, nourrir le chat pendant votre absence, etc. Les cons, faut bien qu'ils servent à quelque chose, gardez vos amis pour partager des bons moments.

---

**La méthode radicale**

Habillez-le aux couleurs du PSG et abandonnez-le en plein Marseille !

---

# Blagues coquines

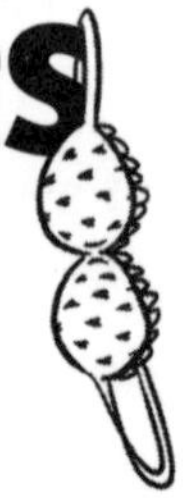

À la sortie d'une pharmacie, un étudiant travaillant pour un laboratoire sonde les clients de l'officine. Il interpelle une femme et lui demande :

– Avez-vous de la vaseline chez vous ?

– Oui…

– Quelles sont les différentes utilisations que vous en faites ?

– Eh bien, je m'en sers pour les coupures, les lèvres gercées aussi… Quand on a la peau sèche.

– Bien. C'est tout ?

– Non, il y a une autre utilisation plus intime… Vous voyez ce dont je veux parler ?

– Pouvez-vous être plus explicite ?

– J'en enduis la poignée de la porte… vous comprenez ?

– La… la… la poignée de la porte ?

– Oui, comme ça mes enfants ne peuvent pas rentrer par surprise dans notre chambre !

———

Un type entre dans un bar et pense reconnaître le serveur...
– Dites-moi, lui dit-il, il me semble vous avoir déjà vu quelque part...
– Ah bon ? Votre visage ne me dit rien...
Le client réfléchit un instant et demande :
– Au mois d'août dernier, vous ne travailliez pas dans un bar discothèque sur la plage ?
– Oui, exact !
– Et... un soir, vous n'auriez pas ramené à l'hôtel une petite brune ? Fine, avec une forte poitrine...
Le serveur sort alors un calepin de sa poche arrière, le consulte, puis annonce :
– Absolument ! Si j'en crois mes notes, elle s'appelait Johanna.
– Voilà ! Eh bien sachez qu'il s'agit de ma femme et que je nc suis pas content !
Le serveur reconsulte son calepin et répond :
– Confidence pour confidence, moi non plus...

Melon et Melèche mangent du poulet.
Melon mange le blanc, et Melèche, le croupion.

**Comment se console une cougar quand elle prend un coup de vieux ?**
En prenant des coups de jeunes...

# Les questions connes

Pourquoi se rendre aux enterrements de personnes qui n’iront pas assister aux nôtres ?

---

Ceux qui n’ont pas la lumière à tous les étages payent-ils moins cher leur facture d’électricité ?

---

Quand tu as trop bu et qu’un moustique te pique, faut-il le laisser voler ?

---

Si l’on avait su que l’on devrait étudier, se lever de bonne heure, aller travailler, n’aurions-nous pas laissé notre place de vainqueur à un autre spermatozoïde ?

---

Puisque lorsqu’on meurt on redevient poussière, est-ce que ce sont des morts qu’il y a sous mon lit ?

---

Si l'on fait une queue de poisson à une voiture de la gendarmerie, est-ce qu'on entend le chant des sirènes ?

---

Quand un garagiste pète, son joint de cul lâche ?

---

Si j'achète un produit soldé à moitié prix, j'économise 50 %. Si je n'achète rien, j'économise 100 % ?

---

Puisque l'anus est plus petit que la bouche, pourquoi les suppositoires sont-ils plus gros que les cachets ?

---

Peut-on boire les vers de La Fontaine ?

---

Sur un site Internet de recettes pour maigrir, faut-il accepter les cookies ?

---

Quand on n'est pas croyant, on peut faire des trucs pas très catholiques ?

---

# Ani'mots

Une dinde s'adresse à un marron tombé d'un châtaignier :
– Salut ! Tu vas où pour Noël ?
– Dans ton cul !

---

Un couple d'éléphants se rend à l'Opéra de Paris et s'installe dans une loge au premier balcon. Le spectacle commence et madame éléphant, qui est mal assise, se penche et tombe. Elle s'écrase sur les sièges du parterre. Monsieur éléphant, pour voir ce qu'il est advenu de sa femme, se penche et tombe à son tour. Un homme dans le public se lève alors et dit :
– Chuuuuuut ! C'est pas fini là-haut, de jeter des éléphants ?

---

**Que commande une poule dans un bar ?**
Un ver.

---

Sur le chantier d'une route en construction, une grenouille rencontre une autre grenouille à qui elle dit :
– Attention ! V'là un rouleau compres... SPLACH ! Bleuuuuuuuuuuuuuurk...
– Hein ? Un quoi ? SPLACH ! Bleuuuuuuuuuuuuuurk...

---

C'est un ver luisant qui rentre chez lui en se tenant les couilles et en criant :
– Putain de mégots de cigarette de merde !

---

Une jeune fille se promène en forêt. Alors qu'elle longe un lac, elle entend les appels au secours d'un loup en train de se noyer. N'écoutant que son courage, elle plonge, nage jusqu'à la bête et la saisit fermement par la queue pour la ramener jusqu'au rivage. Une fois sorti de l'eau, le loup se transforme alors en un beau prince charmant... La jeune fille rougit et le prince charmant lui dit :
– Merci, petite. Mais tu sais, maintenant, tu peux me lâcher...

---

# Hommes et femmes en blanc

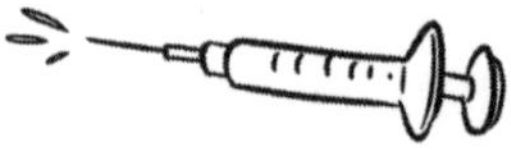

– Un homme se rend chez son docteur. Ce dernier lui demande :
– Vous pensez à sauter des repas ?
– Oui, surtout du poulet froid.
– Froid ?
– Chaud, ça brûle trop la bite !

—

Une femme se rend chez son docteur et lui annonce :
– Docteur, je perds la mémoire !
– Et depuis quand ?
– Depuis quand quoi ?

—

Un médecin annonce à un Belge :
– Vous êtes stérile.
– Ne le répétez pas, ma femme me tuerait si elle apprenait que je ne suis pas le père de ses enfants !

—

Une femme se confie à son psy :
– Je ne veux pas d'enfants dans ce monde de fous !
– Je comprends votre problème.
– Non, mon problème c'est… comment le leur dire ?

---

Une femme se rend chez son médecin et lui explique son problème : elle a toujours très envie de faire l'amour à chaque fois qu'elle se retrouve seule dans une pièce avec un homme…
– Vous savez comment ça s'appelle, quand on a ça ? lui demande-t-elle.
– Oui, ça s'appelle une excellente nouvelle !

---

Un homme rend visite à son médecin de famille.
– Docteur, faites quelque chose pour ma femme. Elle est sourde comme un pot et on ne pourra jamais avoir d'enfants !
– Je ne vois pas le rapport, dites-m'en plus…
– Eh bien, à chaque fois qu'on se couche, je lui dis : « On fait l'amour ou quoi ? » Et elle me répond toujours : « Quoi ? »

---

# Mots d'esprit

« Je suis en train d'écrire un livre. J'ai déjà tous les numéros de page. »

**Steven Wright**

---

« Certains suscitent le bonheur partout où ils vont, d'autres dès qu'ils s'en vont. »

**Oscar Wilde**

---

« On dit qu'on apprend avec ses erreurs, mais à mon avis c'est une erreur… et si je me trompe, au moins j'aurais appris quelque chose ! »

**Philippe Geluck**

---

« Je n'aimerais guère vivre dans la lune, ça m'embêterait de changer de quartier, tous les neuf jours. »

**Francis Blanche**

---

« La bisexualité c'est faire l'amour tous les quatre ans, le 29 février. »

**Jean Yanne**

---

« Ma femme et moi, nous nous entendons parfaitement ; je n'essaie pas de diriger sa vie et je n'essaie pas de diriger la mienne. »

**Pierre Desproges**

---

« Une bonne conscience est souvent signe d'une mauvaise mémoire. »

**Steven Wright**

---

« Ce sont toujours les cons qui l'emportent. Question de surnombre ! »

**Frédéric Dard**

---

« Tout passe en ce monde, sauf le café dans les mauvais filtres. »

**Alphonse Allais**

---

# Humour noir

– **Où Pierre Palmade a-t-il été emprisonné?**
À Fresnes… Fresnes! Putain, Fresnes!

---

Un couple qui se promène passe près d'un puits. L'homme s'en approche et y jette une pièce de monnaie tout en faisant un vœu.
– Tiens, voilà un euro! dit-il en tendant une pièce à sa femme. Fais un vœu, toi aussi!
La femme s'empare de la pièce, se penche au-dessus du puits pour l'y jeter mais glisse, bascule et tombe au fond du trou! Le mari s'écrie alors:
– Ah ben, merde alors! Ça a marché!

---

– J'attends maintenant vos explications! dit le juge à l'accusé.
– Bah, c'est simple: un zombie a voulu pénétrer chez moi, je me suis emparé de ma carabine et je l'ai abattu.
– Et ensuite?
– Après, un deuxième zombie est venu, puis un troisième, et un quatrième… Je les ai tous abattus.

– Et tout cela vous a semblé normal ?
– Ah non ! Je me suis demandé pourquoi ils sonnaient à ma porte pour me demander des bonbons !

---

**Top 5 des dernières paroles que vous prononcerez peut-être juste avant de mourir :**
5) T'as vu les gens, en bas ? On dirait des fourmis !
4) J'ai le temps de doubler.
3) N'importe qui peut faire la même chose !
2) Chiche !
1) T'aurais pas un peu d'alcool pour démarrer le barbecue ?

---

**Dans le naufrage du *Titanic*, qui a-t-on oublié de compter parmi les rescapés ?**
Les homards qui étaient dans l'aquarium…

---

Une veuve se rend au crématorium pour organiser les obsèques de son mari.
– Est-ce qu'il est possible de vider mon mari avant la crémation ?
– Le vider ? Pardonnez-moi, je ne comprends pas…
– Il est mort en mangeant du maïs pas cuit, il s'est étouffé avec. J'ai trop peur que cela fasse du pop-corn !

---

# Les dragueurs

– Un type drague lourdement une fille. Elle lui demande :
– L'été, tu n'as jamais chaud et l'hiver, tu es toujours enrhumé, c'est ça ?
– Un peu, oui… Pourquoi ?
– Normal, avec tous les vents que tu dois te prendre !

---

Un type drague une fille…
– Je peux m'asseoir à côté de toi ?
– Fais comme la biscotte.
– Comme la biscotte ?
– Casse-toi !

---

Un type s'incruste dans un groupe de filles et fait l'intéressant en racontant sa vie. Une fille, excédée, l'interrompt alors et lui dit :
– Tu connais le point commun entre toi et la musique d'un film de cul ?
– Non ?
– T'es là, mais personne ne t'écoute !

---

Un type aborde une fille et lui dit :
– T'es belle comme le jour !
– Et toi, t'es con comme la lune, on s'annule !

---

Un type rejoint un groupe de filles qui discutaient. Un silence s'installe.
– Tu ne serais pas le remède contre le réchauffement climatique ? lui demande alors l'une d'entre elles.
– Pourquoi ?
– Tu refroidis l'ambiance !

---

Une fille demande à un type qui l'a invitée à prendre un verre :
On m'a dit que tu bossais pour la télé… c'est vrai ?
– Ouais ! Plus qu'une dizaine de mensualités et elle est à moi !

---

Une fille à un type qui vient de l'aborder :
– Tu sais comment avoir la fille de tes rêves ?
– Non…
– Bah… va dormir !

---

# Toc toc toc

**Toc-Toc-Toc !**
– Qui est là ?
– Edgard.
– Edgard qui ?
– Edgard, sous mon sein, la grenade, sous mon sein, là, regarde, sous mon sein, la grenade, prends garde…
**Clara Luciani – *La Grenade***

---

**Toc-toc-toc !**
– Qui est là ?
– Kelly…
– Kelly qui ?
– Kelly idiot de ne pas ouvrir !

---

**Toc-toc-toc !**
– Qui est là ?
– Théo…
– Théo qui ?

– Théo ? Papaoutai ? Où t'es ? Papa où t'es ? Où t'es ? Papa où t'es ? Où t'es ? Où t'es ? Où Papa où t'es ?
**Stromae – *Papaoutai***

---

**Toc-toc-toc !**
– Qui est là ?
– Quentin…
– Quentin qui ?
– Quentin dans le désert, depuis trop longtemps, tu t'demandes à qui ça sert, toutes les règles un peu truquées, du jeu qu'on veut te faire jouer, les yeux bandés…
**Jean Patrick Capdevielle – *Quand t'es dans le désert***

---

**Toc-toc-toc !**
– Qui est là ?
– Jaimie, Juste…
– Jaimie, Juste qui ?
Jaimie Juste le journal sur le paillasson !

---

# Les copains, les copines

– Toujours pas en couple ? demande un type à un vieux copain.
– Toujours pas… La dernière fois que j'ai eu un coup de foudre, c'est quand j'ai voulu réparer une prise électrique !

---

Une jeune femme vient de se faire plaquer pour la énième fois. Elle pleure et sa copine tente de la consoler :
– Allez, il faut que tu tournes la page…
– Oh ! c'est bon, tu me dis ça à chaque fois, j'en suis au troisième volume de l'encyclopédie !

---

– Tu sors avec nous ce soir ? demande un gars à une copine.
– Désolée, je ne peux pas, j'ai prévu un plan à trois.
– Hein ? Et… avec qui ?
– Moi, mon lit et mon oreiller !

---

Un type à un copain :
– À chaque fois que je dis un truc, tu me contredis ! On dirait ma meuf !
– T'as pas de meuf...
– Et voilà, ça continue !

---

– J'ai des papillons dans le ventre ! dit une femme à son amie.
– Enfin, tu es amoureuse !
– Non, j'ai mangé des pâtes *farfalle*...

---

Une fille à une copine :
– J'ai une beauté hybride !
– C'est-à-dire ?
– Ben quand je me lève avec une sale gueule, ma beauté intérieure prend le relais !

---

– Je désespère de trouver un mec un jour ! confie une fille à une amie.
– T'inquiète pas, tu finiras par trouver.
– Je ne peux vraiment pas miser sur mon physique, alors sur quoi miser ?
– Bah sur un mec qui a des problèmes de vue...

---

# Les questions connes

Ceux qui indiquaient dans leur profil « célibataire » et maintenant « c'est compliqué », c'est parce qu'ils se sont cassé le poignet ?

---

Quand un conducteur boit trop, il part en tonneaux ?

---

Quand on voit un canard blanc sur un lac, est-ce un signe ?

---

Quand, dans un mariage, on jette un bouquet dans l'assemblée pour savoir qui sera le prochain, pourquoi ne fait-on pas la même chose aux enterrements ?

---

Quand un restaurant te refuse l'entrée, tu peux quand même prendre le plat et le dessert ?

---

Ceux qui ne boivent que des cafés allongés, comment font-ils pour ne pas s'en foutre partout ?

---

Deux chauves qui complotent, ils sont donc de mèche ?

---

Celui qui ronfle, pourquoi s'endort-il toujours le premier ?

---

Quand on cherche un « couteau qui coupe », ne devrait-on pas se demander pourquoi on a des couteaux qui ne coupent pas ?

---

« Quand j'étais petit... », « Quand je serai grand... » ; un nain peut-il commencer ses phrases ainsi ?

---

Qu'y a-t-il de plus sûr pour arriver à l'heure, prendre un train de la SNCF ou se faire livrer par Chronopost ?

---

« Quand une porte se ferme, une autre s'ouvre », ce n'est vrai qu'au moment du calendrier de l'Avent ?

---

# La ronde des métiers

– **Mineur**

Deux mineurs, un Français et un Belge, descendent au fond du puits. Lors d'une pause, le Français sort son thermos pour se servir un café.

– Qu'est-ce que cela ? lui demande le Belge, intrigué.

– Tu ne sais pas ce que c'est ? s'étonne le Français. Eh bien… c'est une capote ! Ça garde le café au chaud et ça se vend en pharmacie !

Dès la fin du travail, le Belge se rend dans une pharmacie et demande :

– Bonjour, je voudrais une capote, s'il vous plaît !

– Oui, de quelle taille ?

– Grande comme ça ! De quoi contenir un litre à peu près…

– Tant que ça ?

– Ah oui ! C'est que je reste six heures au fond du trou, moi !

---

**Pâtissier**

On ne dit pas « une paire de tartes ». Mais on dit… « un couple de pâtissiers » !

---

**Président**

Emmanuel Macron rencontre Angela Merkel.

– Vous ai-je déjà fait part de ma passion pour les vielles Allemandes ?

– Non… Audi ? Mercedes ?

– Non, non…

---

**Paysan**

Un paysan demande à son voisin :

– Mon cheval n'est pas en forme. Qu'as-tu donné au tien lorsqu'il était malade ?

– Du white-spirit !

– Du white-spirit ?

– Oui…

Quelques jours plus tard, le paysan revient voir son voisin :

– Dis-moi… J'ai donné du white-spirit à mon cheval et il est tombé raide mort !

Le voisin lui répond :

– Le mien aussi !

---

**Employé d'EDF**

Une femme téléphone à EDF :

– Quand est-ce que vous m'envoyez un de vos hommes ? Je commence à en avoir marre de me servir d'une bougie !

---

# On ne dit pas

On ne dit pas « un mille-pattes », mais on dit : « un ver à pieds ».

On ne dit pas : « Voir une mante religieuse », mais on dit : « Coucher avec une bonne sœur. »

On ne dit pas « translucide », mais on dit : « La personne ayant changé de genre est clairvoyante. »

On ne dit pas : « Je t'ai tant aimé », mais on dit : « Balancer sa tata adorée. »

On ne dit pas : « Il m'amadoue », mais on dit : « Il est africain. »

On ne dit pas « sa boucherie », mais on dit : « Il se marre. »

---

On ne dit pas « faire des conneries », mais on dit : « faire des glaces aux céréales ».

---

On ne dit pas « des repas copieux », mais au dit : « ne manger que dans son lit ».

---

On ne dit pas « deux sangsues niquent », mais on dit : « deux voies sans issues ».

---

On ne dit pas « un bon lit douillet », mais on dit « un super combat entre Bruce et David » !

---

On ne dit pas « une tarte au citron meringuée », mais on dit : « Un homosexuel est décédé en mangeant un gâteau. »

---

# Trop blondes

Une blonde revient de la salle de sport.
– Alors, comment s'est passée ta première séance ? lui demande son mari.
– Je suis trop choquée ! Les filles, elles courent sur les tapis de caisse !

---

– Tu te rends compte qu'une personne sur sept est chinoise ? dit une brune à sa copine blonde.
– N'importe quoi ! Rien que dans ma famille, on est une vingtaine, il n'y a pas un Chinois !

---

Un homme dit à sa blonde :
– Ça sent bon ! Tu as préparé quelque chose pour dîner ?
– Oui, un gratin dauphinois !
– Miam-miam !
– J'espère qu'il sera bon, je n'ai pas trouvé de dauphin, je l'ai remplacé par du poisson…

---

Un homme et sa femme blonde mettent le couvert.
– Tu veux que j'ouvre une bouteille de vin de table? propose-t-il à sa femme.
– Je veux bien goûter, je ne savais pas que l'on faisait du vin avec les tables…

---

– Saloperie de merde! Fils de pute! hurle une blonde dans sa cuisine.
– Mais que se passe-t-il? s'inquiète son mari.
– Rien, je cuisine! Je suis la recette: «Hachez de l'ail grossièrement»…

---

– Et merde! J'ai encore fait tomber mon portable! dit une blonde à sa copine.
– C'est la gravité…
– Bah oui, c'est grave!

---

Un professeur interroge une blonde:
– Qu'y a-t-il eu au début de l'Univers?
– Un gang-bang!

---

# Blagues coquines

Un jeune homme caresse le nombril de sa copine et lui dit :
– Je t'aime !
La jeune fille lui demande :
– Plus bas…
Le garçon lui susurre alors à l'oreille :
– Je t'aime…

---

**Quelle différence y a-t-il entre un skieur et un acteur porno ?**
L'un glisse dans les Pyrénées et l'autre dans les périnées…

---

Un jeune couple fait l'amour. La jeune femme demande au mec :
– Dis, tu m'aimes ?
– Qu'est-ce que tu crois ? Que je fais des pompes ?

---

Deux paysans discutent sur un banc.
– Tu vois cet arbre, là-bas ?
– Oui, je vois…
– Eh bien, c'est derrière cet arbre que j'ai fait l'amour pour la première fois !
– Ah bon ? Et avec qui ?
– C'était avec la Marie-Claude…
– Tu sais, la Marie-Claude, c'était une chaude ! Je crois que tout le quartier en a un petit peu profité…
– Oui, c'est bien possible. Je me rappelle, il y avait même sa mère qui nous regardait !
– Ah ? Et qu'est-ce qu'elle disait ?
– Bah… La même chose que la Marie-Claude : « Meuuuuhhh ! »

---

Melon et Melèche fabriquent une tirelire.
Melon fait le cochon, et Melèche, la fente.

---

**Qu'est-ce qui a deux seins et sept paires de couilles ?**
Blanche-Neige et les sept nains.

---

# Les répliques de ciné

« Tu vas encore traîner un peu, tu feras encore des p'tites saloperies, comme ça, pour la gamelle, puis tu glisseras doucement vers la côte des Palmes. Tu finiras clodo à Abidjan et tu te feras descendre un jour en piquant un porte-monnaie ou un litre de rouge. Je te filerais bien mon poing dans la gueule, mais t'irais encore te prendre au sérieux. »
***Cent mille dollars au soleil*** (1964), d'Henri Verneuil avec Jean-Paul Belmondo, Lino Ventura, Bernard Blier

---

– Non ! Vous racontez très bien ! Vous m'avez dépeint cette soirée au *Dandy's* avec brio !
– Avec qui ?
***Le père Noël est une ordure*** (1982), de Jean-Marie Poiré avec Anémone, Marie-Anne Chazel, Thierry Lhermitte, Gérard Jugnot, Josiane Balasko, Christian Clavier

---

« Et tout ce qui est dans cette salle est comestible. Même moi, je le suis ! Mais ça s'appelle du canniba-

lisme, mes chers enfants, et c'est désapprouvé dans la plupart des sociétés ! »
***Charlie et la Chocolaterie*** (2005), de Tim Burton avec Johnny Depp, Freddie Highmore, David Kelly

---

– Il est trop petit ton séchoir !
– Il vaut mieux un petit séchoir qu'un grand chez les autres !
***Chouchou*** (2003), de Merzak Allouache avec Gad Elmaleh, Roschdy Zem, Alain Chabat, Claude Brasseur

---

« Dans des circonstances que je tiendrai secrètes, une personne dont je tairai le nom m'a dit des choses que je ne peux pas répéter… »
***Comment réussir quand on est con et pleurnichard*** (1974), de Michel Audiard avec Jean Carmet, Stéphane Audran, Jean-Pierre Marielle

---

« La tête dure et la fesse molle… Le contraire de ce que j'aime. »
***Comment réussir quand on est con et pleurnichard*** (1974), de Michel Audiard avec Jean Carmet, Stéphane Audran, Jean-Pierre Marielle

---

# Les plus courtes sont les meilleures

Un type à un gars :
– Tu sais ce que je ferais si j'étais un oiseau ?
– Non…
– Je te chierais dessus !

---

Le juge à l'accusé :
– Pouvez-vous décrire les circonstances du décès ?
– Il est mort de manière naturelle, monsieur le juge.
– Vous l'avez quand même poussé par-dessus le balcon…
– La gravité est naturelle, monsieur le juge !

---

Deux inspecteurs sont sur une scène de crime…
– Il a été étranglé avec la nappe.
– Oui, mais quel est le motif?
– À carreaux.

---

– Tu l'as trouvée où, ta femme ? demande un type à son collègue.
– Sur Internet.
– Ah ! Un site de rencontre ? Tinder ?
– Non, sur AliExpress. J'ai commandé un « énorme pouf »...

---

Une femme prend des nouvelles d'une amie :
– Alors, que deviens-tu ?
– Eh bien, je crois que je suis enfin sur la route du bonheur ! Maintenant, j'attends...
– Tu attends quoi ?
– La dépanneuse !

---

Le jour de la rentrée des classes, un garçon dit en pestant à sa maman :
– À l'école, ils m'ont mis tout devant !
– Mais mon petit, c'est normal, c'est toi l'instituteur !

---

Une femme à sa collègue de bureau :
– Je me suis acheté cette petite robe hier... Tu trouves qu'elle me va bien ?
– Tu veux que je sois franche ou gentille ?

---

# Les hommes les femmes

Une femme à une amie :
– Que cherches-tu chez un homme ?
– Il y a quelque chose à trouver ?

---

**Qu'est-ce qui protégerait les femmes si les hommes n'existaient pas ?**
Les protéger de qui ?

---

Les hommes sont comme le mascara…
Ils disparaissent au moindre signe d'émotion.

---

**Pourquoi les femmes aiment-elles les jardiniers ?**
Parce qu'ils ont des outils de taille…

---

**Quelles sont les deux sortes de femmes ?**
Celles qui commandent et celles qui n'obéissent pas…

---

**Comment s'appellent les commerces qui vendent du Viagra pour les femmes?**
Les bijouteries!

---

**Pourquoi toutes les femmes sont des cougars?**
Parce que tous les hommes sont des gamins!

---

**Que dit l'homme sage à sa femme?**
Il ne dit rien…

---

**Quels sont les trois petits mots qui comblent de bonheur une femme?**
«Je t'aime.»
**Et un homme?**
«Buffet à volonté.»

---

**Pourquoi une femme fait-elle la gueule à son mari au réveil?**
Parce qu'il a fait quelque chose de mal dans son rêve…

---

# Perles des assurances

«Le constat n'a pas été amiable du tout.»

———

«Le virage n'arrêtait pas de tourner car il s'agissait d'un rond-point.»

———

«Ma voiture est toute cabossée et j'ai plusieurs bosses.»

———

«Quand je suis sorti de la route, j'ai réussi à éviter l'arbre, mais pas ma passagère.»

———

«Tous mes témoins sont morts dans l'accident et n'ont rien pu déclarer.»

———

«Dans le virage, mon volant a tourné plus vite que le virage.»

———

« J'ai percuté une voiture en stationnement qui arrivait en face de moi. »

---

« Le responsable de l'accident est un homme petit, plutôt brun, l'œil malicieux et l'air perfide. »

---

« Je certifie sur l'honneur avoir tout vu et que la conductrice a raison et que le conducteur a tort. »

---

« Un piéton m'a percuté et a sauté sur le capot de ma voiture sans prévenir. »

---

« Le piéton ne savait pas où aller, alors je l'ai écrasé. »

---

« Ma femme s'est pris le cul du camion dans le visage. »

---

« Je vais prendre des cours de pilotage d'avion. Suis-je assuré contre le vol ? »

---

# Drôles de couples

– Une femme dit à sa collègue de bureau :
– Je cherche une idée de cadeau pour ma belle-mère…
– Compliqué !
– Oui ! J'ai bien une idée, mais j'hésite…
– Laquelle ?
– Lui rendre son fils !

---

– Hier soir, ma femme m'a annoncé que la nuit serait torride ! dit un gars à un pote.
– Ce n'est pas la mienne qui me ferait des surprises comme ça ! Et la nuit a été chaude ?
– Très ! Elle a coupé le ventilateur…

---

– Pourquoi tu ne sors qu'avec des filles beaucoup plus petites que toi ? demande un garçon à un copain.
– Parce que quand on se sépare, je ne suis pas obligé de jeter les photos, je les recadre sur la moitié !

---

Une fille téléphone à sa mère :
– Maman, viens vite me chercher, s'il te plaît, je n'aime pas les gens qui sont dans la maison !
– Mais, ma chérie, il s'agit de ton mari et de tes enfants, quand même !

---

Une femme prend son mari par la main, ouvre la porte de la maison et pousse son homme dehors.
– Mais que fais-tu ? lui demande son mari juste avant que sa femme ne referme la porte et lui réponde :
– Je fais ce que m'a dit le médecin : « Faites sortir votre stress » !

---

Une femme se plaint de son homme…
– Je crois que je sors avec le type le plus con, le plus beauf et le plus rustre au monde !
– Mais non… Pourquoi dis-tu cela ? lui demande son amie.
– Je lui ai dit qu'il n'était jamais romantique, qu'il pourrait par exemple m'amener à la plage, on y ferait des dessins dans le sable… Et le lendemain, tu sais ce qu'il a fait ?
– Non.
– Il m'a dessiné un cœur dans la litière du chat !

---

# Contrepèteries

Non à l'abus des élites!
Non à la bite des élus...

---

Goûte mon flan, il est bien goûtu.
Goûte mon gland, il est bien foutu.

---

Voici la pioche du mineur!
Voici la mioche du pineur!

---

C'est long comme lacune.
C'est con comme la lune.

---

Les bons cabots ne se taisent jamais.
Les bons cathos ne se baisent jamais.

---

Quel beau métier, professeur !
Quel beau fessier prometteur !

---

Les nouilles cuisent au jus de canne.
Les couilles nuisent au cul de Jeanne.

---

Il est fou de la messe !
Il est mou de la fesse !

---

C'est une fine appellation
C'est une pine à fellation.

Connaissez-vous le goût de l'églantier ?
Connaissez-vous le gland de l'égoutier ?

---

Daffy Duck.
Daddy fuck.

---

Quel grand bonhomme, ce recteur !
Quel grand bonheur, ce rectum !

---

# Devinettes

**Comment évolue la vue après la cinquantaine?**
On ne voit plus les lettres de près, mais on voit les cons de loin!

---

**Quelle différence y a-t-il entre l'estomac et le cerveau?**
L'estomac vous prévient quand il est vide!

---

**Qu'est-ce que les trains à grande vitesse de la SNCF ont changé dans la vie de gens?**
Ils arrivent plus vite en retard…

---

**Qui recrute-t-on chez Colissimo?**
Ceux qui, petits, s'amusaient à sonner aux portes et à partir en courant!

---

**Comment obtenir un ventre plat ?**
En se tatouant un nombril dans le dos !

---

**Quelle est la version adulte de « J'vais l'dire à ma mère ! » ?**
« Je vais en parler à mon avocat ! »

---

**Que fait-on à chaque fois que l'on accepte une demande d'ami ou un nouveau follower ?**
On autorise l'installation d'une caméra de surveillance supplémentaire…

---

**Que fait-on quand on a une soudaine envie de tout changer ?**
On change d'avis…

---

**Quel point commun y a-t-il entre un con et une personne qui a de la salade coincée entre les dents ?**
Tant qu'ils ferment leur gueule, personne ne s'en aperçoit !

---

# Bêtisier des contribuables

« Avec mon mari, je vous confirme l'existence de quatre enfants, dont trois sont à moi et dont deux sont à nous. »

---

« Pour ma femme, j'aimerais qu'on m'aide à la remplir. »

---

« J'ai entendu dire qu'il existait des crédits d'impôts. Cela pourrait m'intéresser car je ne pourrai pas payer cette année… »

---

« Si ma femme fait deux ou trois enfants en plus, combien d'impôts est-ce que je payerais en moins ? »

---

« Est-ce qu'il faut remplir une déclaration pour tous les mois où on a travaillé ou est-ce qu'il faut additionner ? »

---

« De combien a-t-on le droit de se tromper dans sa déclaration ? »

---

« Pourquoi je ne peux pas compter l'achat du téléviseur dans les frais réels ? C'est une dépense irréelle, peut-être ? Je vous assure qu'elle est bien réelle ! »

---

« J'ai bien compris que je ne pouvais pas déduire cela de mes revenus. Mais alors, pourquoi ça a marché les autres années ? »

---

« J'ai oublié de remplacer ma femme. »

---

« Pouvez-vous m'aider ? J'ai quelques points noirs… »

---

« Pas la peine d'espérer un pourboire ! »

---

« Ça va pas recommencer tous les ans !? »

---

# L'abus d'alcool est dangereux pour la santé

Je peux avoir un mojito?
– Mais madame, vous êtes à la kermesse de l'école…
– Oh, pardon! Je voudrais un mojito, s'il vous plaît, maîtresse.

---

Au comptoir d'un bar, un type explique à son voisin:
– J'en peux plus de tous les mots de passe qu'il nous faut! Je les oublie une fois sur deux. Et quand j'ai picolé, c'est pire…
– Moi c'est le même pour tout, et je ne peux pas oublier mon mot de passe: pastaga!

---

**Quelle différence y a-t-il entre le soleil et un alcoolique?**
Le soleil se lève à l'est et l'alcoolique complètement à l'ouest…

---

Un type complètement bourré sort d'une discothèque. Il a les clefs de sa voiture à la main et hurle :
– Au voleur ! Au voleur ! On a volé ma voiture !
Les gendarmes, qui faisaient des contrôles d'alcoolémie à la sortie de la boîte, repèrent le bon client…
– Bonjour, monsieur. Gendarmerie nationale ! Vous avez un problème ?
– Au voleur ! Au voleur ! On a volé ma voiture !
– Je crois surtout, monsieur, que vous avez abusé de l'alcool…
– Non, non ! Ma voiture était au bout de mes clefs et on me l'a volée !
– Hum… Avez-vous aussi remarqué que votre braguette est ouverte et que votre sexe en dépasse ? lui demande un gendarme.
Le type se regarde le sexe et crie alors :
– Au voleur ! Au voleur ! On a volé ma copine !

---

Dans un bar, un gars dit à son voisin :
– Ça fait longtemps que l'on n'a pas eu un Noël blanc…
– M'en fout, s'il n'y a pas de blanc, j'bois du rouge !

---

**Pourquoi les alcooliques aimeraient que l'on abandonne l'heure d'été ?**
Pour rester à l'heure dix verres !

---

# Dieu & Co.

**Pourquoi Jésus était-il courageux ?**
Parce que même sur la croix, il n'a jamais baissé les bras !

---

Un petit garçon juif demande à son père :
– Dis, papa ! Tu peux me donner 10 euros pour que je m'achète quelque chose ?
– Bien sûr mon fils, mais tu restes ici et tu attends que je rouvre la boutique.

---

**Qu'y a-t-il de commun entre Judas et les apôtres ?**
Ils ont des comptes en cieux…

---

**Membres actifs du clergé :**
Le père Cepteur fait la quête et vide les troncs.
Le père Colateur fait le café pour tout le monde.
Le père Demenotte a les clefs.
Le père Dreau est un drôle d'oiseau.

Le père Drix vole souvent dans les plumes du Père Dreau.
Le père Dudevue a quitté le monastère sans laisser d'adresse.
Le père Fusion est à l'hôpital.

---

**Pourquoi le Christ s'est-il levé de sa tombe ?**
À cause de la levure puisque son corps, c'est du pain…

---

Trois mères juives discutent de leur sujet favori : leurs fils.
– Mon fils, il gagne tellement d'argent qu'il pourrait s'acheter tout le quartier du Sentier ! affirme la première.
– Le mien, il gagne tellement d'argent qu'il pourrait s'acheter Paris ! rétorque la deuxième.
– Et qui c'est qui vous dit que mon fils, il veut vendre ? interroge la troisième.

---

**Quel point commun y a-t-il entre la Bible et le *Kamasutra* ?**
Les deux nous apprennent à nous aimer les uns les autres.

---

# Mots d'esprit

« Pour se marier il faut un témoin ; comme pour un accident ou un duel. »

**Coluche**

« Une banque vous prête un parapluie quand il fait beau et vous le reprend quand il pleut. »

**George Bernard Shaw**

« Les célibataires devraient être plus lourdement taxés que les hommes mariés. Ce n'est pas juste que des hommes soient plus heureux que d'autres. »

**Oscar Wilde**

« La plus belle heure de la vie, c'est l'heure de la sieste. »

**Grégoire Lacroix**

« Je sais pourquoi tant de gens aiment couper du bois. C'est une activité où l'on voit tout de suite le résultat. »

**Albert Einstein**

« Rien n'est plus semblable à l'identique que ce qui est pareil à la même chose. »

**Pierre Dac**

« Tout le monde est capable de créer un système incapable de fonctionner. »

**Coluche**

« Je ne pense jamais au futur. Il vient bien assez tôt. »

**Albert Einstein**

« Dieu a fait le monde en cinq jours. Ensuite, il a fait le con. »

**Frédéric Dard**

# Humour noir

**Top 5 des mots que vous n'aimeriez pas entendre si vous étiez sur la table d'opération :**
5) C'est quoi ce truc ?
4) Fais chier ! J'ai encore oublié quelque chose dedans.
3) Passe-moi le cendrier, je fous de la cendre partout.
2) On voit rien, ça pisse le sang !
1) Aujourd'hui, je m'exerce à travailler avec la main gauche !

---

Une très vieille femme assiste à l'incinération de son mari. L'homme qui organise la crémation demande à la vieille dame :
– Quel âge avait votre mari ?
– 95 ans…
– Et vous ? Puis-je vous demander votre âge ?
– J'ai 98 ans !
– Hou, là, la ! Et vous croyez que ça vaut la peine de rentrer à la maison ?

---

À l'hôpital, un patient en fin de vie s'adresse à une infirmière :
– J'ai tellement peur… Que se passe-t-il après la mort ?
– Ben… on nettoie la chambre et on installe un autre patient !

---

**Quelle différence y a-t-il entre un bon et un mauvais conducteur ?**
La même qu'entre Claude François et Pierre Palmade.

---

Un gars à un autre :
– Ma belle-mère me rend malade… Elle me donne la nausée et mal au ventre. Que dois-je faire ?
– Augmente le temps de cuisson.

---

**Quelle différence y a-t-il entre une bonne et une mauvaise douche ?**
Demandez à Claude François…

---

**Qui fut la première femme au foyer ?**
Jeanne d'Arc.

---

# Blagues à papa

**Qu’est-ce qu’une boîte de six œufs ?**
Des poussins qui restent chez œufs.

---

**Qu’est-ce qu’un Belge armé d’un couteau au milieu d’un champ de blé ?**
Un céréale *killer* !

---

**Dans quelle ville ça ne rigole pas ?**
Paris…

---

**Pourquoi Gilbert Montagné aime-t-il aller à Courchevel ?**
Parce que la Savoie.

---

**Quel est le comble pour une brosse à cheveux ?**
C’est d’être de mauvais poil.

---

**Comment appelle-t-on les Bretons qui publient des vidéos sur Internet ?**
Des you tout beurre salé.

---

**Quel lapin n'aime-t-on pas ?**
Lapin Dicite (l'appendicite).

---

**Pourquoi les huissiers ne rigolent-ils pas aux blagues ?**
Parce qu'ils ne peuvent pas les saisir.

---

**Quel était le prénom d'Alzheimer ?**
Bah voilà ! C'est comme ça que ça commence...

---

Un Schtroumpf se promène en forêt à la recherche de champignons. Maladroitement, il bute sur la racine d'un arbre et chute en se cognant la jambe sur une vieille souche :
– Sacrebleu ! hurle-t-il. Je vais encore me faire un bleu !

---

# Monsieur et Madame...

Monsieur et Madame **Daissoutia-Chaite** ont une fille. Comment l'appellent-ils ?
Cynthia. (Si tu as des sous, tu achètes.)

———

Monsieur et Madame **Bonnilfaicho** ont une fille.
Comment l'appellent-ils ?
Alice. (À Lisbonne, il fait chaud.)

———

Monsieur et Madame **Brico** ont un fils.
Comment l'appellent-ils ?
Judas. (Jus d'abricot.)

———

Monsieur et Madame **Bromarche-Paprantondoi** ont une fille. Comment l'appellent-ils ?
Sylvie. (Si le vibro marche pas, prends ton doigt.)

———

Monsieur et Madame **Bujavéletrac** ont un fils. Comment l'appellent-ils ?
Amédée. (À mes débuts, j'avais le trac.)

---

Monsieur et Madame **Dekaféhellarivoupa** ont un fils. Comment l'appellent-ils ?
Mathias. (Ma tasse de café, elle arrive ou pas ?)

---

Monsieur et Madame **Deujour** ont un fils. Comment l'appellent-ils ?
Adam. (À dans deux jours !)

---

Monsieur et Madame **Dipleu** ont un fils. Comment l'appellent-ils ?
Homère. (Oh merde, il pleut !)

---

Monsieur et Madame **Dissoir** ont un fils. Comment l'appellent-ils ?
Alain. (À lundi soir !)

---

# Devinettes

**Quelle est la seule espèce qui ne sera jamais en voie de disparition ?**
L'espèce d'abrutis !

---

**Qu'est-ce qu'un franc-maçon ?**
C'est un ouvrier du bâtiment qui te dit que le chantier va avoir du retard !

---

**Dans un couple, quelle est la chose la plus difficile à faire pour la première fois ?**
Le premier un pet…

---

**Quand tu es célibataire, qui t'arrache tes vêtements le plus souvent ?**
La poignée de la porte.

---

**Pourquoi les régimes d'été ne servent-ils plus à rien ?**
Maintenant, tout le monde regarde son téléphone...

---

**Quel avantage y a-t-il à avoir de petits seins ?**
Quarante ans plus tard, ils sont toujours au même endroit...

---

**À quel moment se dit-on « faut que je maigrisse » ?**
Quand notre estomac nous dit « j'ai faim » !

---

**Pourquoi mettre les bonbons dans un saladier ?**
Puisque c'est dans un saladier, c'est une salade. Et puisque c'est une salade, on peut en prendre sans risque de grossir...

---

**Pourquoi conserver les numéros de téléphone des gens que l'on n'aime pas dans son téléphone ?**
Pour ne pas répondre s'ils appellent !

---

# Les copains, les copines

**Qu'est-ce qu'une psy non rémunérée ?**
Une amie…

---

– Alors quoi de neuf? demande une femme à une amie.
– Eh bien, depuis quelque temps, figure-toi que je cuisine pour deux !
– Non, sans déconner ! Tu as enfin trouvé un mec ?
– Je cuisine pour deux parce que je mange pour deux…

---

Un type se confie à un pote :
– On se fout tout le temps de ma gueule parce que je louche, ça devient lourd !
– Ce ne sont que des taquineries, un strabisme, ce n'est pas bien grave… Par contre, tu devrais quand même t'acheter une casquette avec des petits rétroviseurs fixés de chaque côté.
– Ben, pour quoi faire ?
– Pour vérifier tes angles morts !

---

– Tu fais quoi pour la Saint-Valentin ? demande une fille à une copine.
– Parce que toi, il faut qu'on t'impose un jour pour aimer ?
– Tu me dis ça parce que tu n'as pas de mec ?
– Oui…

---

Deux copines se disputent :
– Tu connais la différence entre toi et ton frigo ?
– Non…
– Ton frigo a une lumière intérieure !

---

– En quoi voudrais-tu être réincarné ? demande un type à son pote.
– Je sais pas… Certainement en une chaise ou un canapé !
– Bah pourquoi ?
– J'aime trop les culs…

---

Un type à un copain :
– Je cherche un associé pour ouvrir un magasin.
– Quelle serait ta part d'investissement ?
– J'ai un pied de biche et deux cagoules…

---

# La ronde des métiers

**Guide touristique**

Un Anglais, un Russe et leur guide français font une promenade en montagne. Quand ils arrivent près d'un gouffre, le guide français annonce à ses deux amis :

– On s'arrête ici quelques instants, je vais vous faire écouter l'écho !

Le Français se place au bord du gouffre et crie :

– Je m'appelle Marc !

Et effectivement l'écho répond :

– Marc… Marc… Marc…

Amusé, l'anglais se place près du gouffre.

– Je m'appelle Peter ! hurle-t-il.

Et l'écho répète :

– Peter… Peter… Peter…

Le Russe s'avance à son tour et crie :

– Je m'appelle Tchevanchekodorowsky !

Et l'écho répond :

– Quoiiiii ?

## Patron

Un grand patron a convoqué tous ses cadres. Il entre dans la salle de réunion et lance à l'assemblée :

– Messieurs ! Je viens de recevoir les derniers résultats des ventes, ils sont pitoyables. Certains d'entre vous ne font rien, je vais procéder à un dégraissage immédiat !

Son regard parcourt alors chacun des cadres et s'arrête sur un type qui est nonchalamment appuyé contre le mur du fond…

– Vous ! Combien gagnez-vous par mois ?

– 1 500 euros, monsieur.

Le patron sort alors une liasse de billets de 500 euros de sa poche et se met à compter…

– 1 000… 2 000… 3 000… 4 000… 5 et 6 000 ! Tenez, voici quatre mois de salaire en liquide ! Vous prenez vos affaires et vous dégagez d'ici, je ne veux plus vous revoir !

– Bien, monsieur.

Le patron s'assoit, les cadres en font autant.

– Qui était cet incapable ? demande-t-il aux autres.

L'un d'eux lui répond :

– C'était le livreur des pizzas que nous avions commandées, monsieur.

---

# Je suis c'est comme

Je suis à l'écouille. C'est comme à l'écoute, mais ce que vous dites, je m'en bats les couilles !

---

J'ai du reparti. C'est comme de la repartie, mais toujours trop tard, quand le type est reparti…

---

J'ai envie d'une gros culin. C'est comme un câlin, mais ça se termine par du cul.

---

Ce matin, j'ai une tête de Waku Waku. C'est comme une tête de cul, mais celui de Shakira, donc c'est bon.

---

J'arrondis mes fins de moi. C'est comme les fins de mois, mais c'est moi qui grossis…

---

Je sors mourir. C'est comme courir, mais je suis déjà crevé.

---

J'ai des cœurbatures. Depuis le temps que je cours après l'amour…

---

Je manque à la pelle. Je me prends que des râteaux…

---

J'ai bu comme un tronc. C'est comme boire comme un trou, mais j'ai tellement la gueule de bois !

---

Je souffre du syndrome de la Fourchette. C'est comme celui de la Tourette, mais je n'insulte que quand j'ai faim !

---

Je me sens moule… C'est tellement molle que je n'ai même plus la force de me laver…

---

# Trop blondes

– Tu crois que les hommes ouvrent encore les portes des voitures ? demande une fille à une amie blonde.
– Bah oui ! Comment tu crois qu'ils rentreraient dedans ?!

---

– C'est quoi toutes ces casseroles d'eau que tu as mises au frigo ? demande un homme à sa femme blonde.
– C'est pour gagner du temps ! J'ai fait bouillir de l'eau pour cuire des pâtes ou du riz, et maintenant je n'ai plus qu'à la sortir du frigo !

---

Une brune à sa copine blonde :
– Tu peux fermer la porte, s'il te plaît ? Il fait froid dehors…
– Ben, c'est pas pour ça qu'il fera moins froid dehors !

---

– Tu as entendu les conseils du Gouvernement pour cet hiver ? demande une brune à une amie blonde.
– De baisser le chauffage ?
– Oui.
– C'est fait ! J'ai fait venir un plombier pour qu'il baisse tous les radiateurs d'une dizaine de centimètres.

---

Pâques approche, une brune demande à sa copine blonde :
– Tu vas chercher les œufs ce week-end ?
– Oui, et toi ?
– Non, j'évite les œufs au chocolat car ça finit direct aux fesses !
– C'est quand même mieux de les manger…

---

Une blonde conduit et s'écrie soudain :
– Je voudrais rester belle toute ma vie ! Je voudrais devenir riche ! Et je voudrais avoir tous les hommes que je désire !
– Mais qu'est-ce qu'il te prend ? s'étonne sa passagère.
– Je fais trois vœux, il y a la petite lampe rouge d'un génie qui vient d'apparaître sur le tableau de bord !

---

# Hommes et femmes en blanc

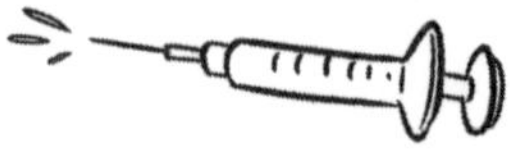

Une femme se rend chez son gynécologue pensant qu'elle est enfin enceinte. Le gynécologue l'ausculte, puis lui donne son diagnostic.
– Navré de vous décevoir, mais vous n'êtes malheureusement pas enceinte.
– Oh ! Mais alors, qu'est-ce que j'ai ?
– Vous avez de l'air, des poches de gaz dans le bas-ventre. C'est pour ça que votre ventre gonfle…
La femme rentre ensuite chez elle et s'empresse d'engueuler son mari :
– Dis-moi ! Qu'est-ce que tu as dans le froc ? Une bite ou une pompe à vélo ?

———

Un dentiste annonce à son patient :
– Je vais devoir vous extraire cette dent.
– C'est cher ?
– Ça vous coûtera environ 70 euros.
– 70 euros ? Pour seulement deux minutes de travail !
– Si vous le souhaitez, je peux le faire très lentement…

———

Une femme se rend chez son médecin et se plaint :
– J'ai des poils plein la poitrine ! C'est très désagréable...
– Effectivement ! Et jusqu'où vos poils descendent-ils ?
– Jusque sur mes couilles !

---

Un vétérinaire consulte un médecin. Le médecin l'ausculte tout en lui posant un certain nombre de questions.
– Vous toussez depuis longtemps ?
– Vous me faites marrer, vous, les médecins ! Moi, en tant que vétérinaire, je n'ai pas besoin de poser toutes ces questions ! J'ausculte et trouve tout seul ce qui ne va pas !
Vexé, le médecin poursuit son auscultation sans plus rien dire. Il rédige son ordonnance puis dit, en la tendant à son patient :
– Tenez ! Vous prendrez ça pendant trois jours. S'il n'y a pas d'amélioration, il faudra que je vous pique...

---

Une femme entre dans le cabinet d'un docteur.
– Bonjour, docteur ! Il paraît que je suis nymphomane ! Qu'en pensez-vous ?
– Eh bien... Lâchez-moi la bite, que je puisse retourner à mon bureau afin de vous indiquer un confrère psychanalyste.

---

# Les répliques de ciné

« Le planté du bâton ne marche pas du tout : mettez-vous bien ça dans la tête et votre bonnet par-dessus ! »
***Les bronzés font du ski*** (1979), de Patrice Leconte avec Michel Blanc, Marie-Anne Chazel, Christian Clavier, Thierry Lhermitte, Gérard Jugnot, Josiane Balasko

---

– Vous allez toucher la récompense de cent millions pour le Youkounkoun !
– Alors, je suis pas si councoun que j'en ai l'air !
***Le Corniaud*** (1965), de Gérard Oury avec Bourvil, Louis de Funès, Venantino Venantini

---

« Moi, je lève mon verre à la plus formidable bande de salopards que j'ai jamais rencontrée. Je lève mon verre

au tas d'ordures qui m'entoure, et y a d'quoi remplir une sacrée poubelle ! »
***Coup de tête*** (1979), de Jean-Jacques Annaud avec Patrick Dewaere, France Dougnac, Jean Bouise, Michel Aumont

---

« Arrêtez votre chariotte ! Messire veut glairer ! »
***Les Visiteurs 2 : Les couloirs du temps*** (1998), de Jean-Marie Poiré avec Jean Reno, Christian Clavier, Sylvie Joly, Marie-Anne Chazel, Jacques François

---

« C'est pas une femme, c'est un poisson. De loin elle brille, de près elle pue ! »
***Le Créateur*** (1999), d'Albert Dupontel avec Albert Dupontel, Philippe Uchan, Michel Vuillermoz

---

« Eh ben, voilà ! C'est la majorité ! C'est la majorité ! Laquelle, d'abord ? Celle qui pensait que la terre était plate ? Celle qui est pour la peine de mort ? Ou bien celle qui se met une plume dans le cul parce que c'est la mode ? »
***Cuisine et Dépendances*** (1993), de Philippe Muyl avec Zabou Breitman, Sam Karmann, Jean-Pierre Darroussin, Agnès Jaoui, Jean-Pierre Bacri

---

# Atroces et bien dégueus

Un type téléphone à un ami :
– Salut, t'es où ?
– Je suis au bord de ma piscine, je savoure un 15 ans d'âge…
– Veinard, il est bon ?
– « Elle »…

---

Un curé se rend chez son médecin.
– Je suis très inquiet, lui dit-il, j'ai un bouton blanc et dur sur le pénis.
Le docteur demande au curé de se déshabiller et observe le bouton. Puis il le pince, et l'arrache d'un coup sec !
– Aïe ! fait le curé. Alors docteur, qu'est-ce que c'était ?
– Une dent de lait…

---

Pour ajouter un peu de piment à la vie sexuelle de son couple, un homme achète des préservatifs de différents parfums. Le soir, il propose à sa femme de pratiquer un petit jeu sexuel qui consiste à reconnaître le goût

de chaque préservatif. Ils se couchent et éteignent la lumière. La femme prend alors le sexe de l'homme dans sa bouche et dit :
– Heu... Je dirais que c'est du fromage... Du roquefort ?
– Attends ! Je n'ai pas encore mis de préservatif !

---

Une stagiaire entre en larmes dans le bureau de son directeur.
– Monsieur le directeur ! C'est atroce !
– Qu'y a-t-il, ma petite ?
– Je suis allé chez mon gynécologue, hier. Il m'a dit que j'étais enceinte !
– Et alors ?
– Il n'y a qu'avec vous que j'ai eu des relations sexuelles. L'enfant est de vous...
– Vous savez, je suis marié, j'ai des enfants... Qu'allez-vous faire ?
– Je ne sais pas car il est trop tard pour avorter ! C'est horrible ! Je n'ai que 17 ans et mes parents vont me jeter à la rue ! Il ne me reste plus qu'à me suicider !
– Ma petite, j'ai toujours su que je pouvais compter sur vous !

---

# Blagues à Toto

– Toto arrive en retard à l'école…
– As-tu une bonne excuse pour être en retard ? lui demande sa maîtresse.
– Oui, ma maman tapait mon petit frère.
– Et alors ? Il me semble que tu n'es pas concerné ? Cela n'excuse pas ton retard !
– Si, elle le tapait avec ma chaussure…

---

La maîtresse à Toto :
– C'est la cinquième fois de la semaine que tu récoltes une punition ! As-tu quelque chose à dire, Toto ?
– Oui, je suis content que l'on soit vendredi !

---

– Qu'as-tu mangé ce midi à la cantine ? demande la maman de Toto à son fils.
– Une salade de fruits et légumes !
– Ah ! Je suis fière de toi ! Tu as aimé ?
– C'était délicieux !
– Tu veux que je t'en refasse à la maison ?
– Oh oui !

– C'était quoi les légumes ?
– Des pommes de terre.
– Ah… Et les fruits ?
– De la tomate.
– Hummm… Et comment elle s'appelle, cette salade de fruits et légumes ?
– Frites ketchup !

---

La maîtresse explique à ses élèves le drame du *Titanic*. Toto lève alors le doigt et prend la parole :
– Mon grand-père, il avait dit à tout le monde que le *Titanic* allait couler et personne n'a voulu l'écouter !
– Ah bon ? s'étonne la maîtresse. Et que s'est-il passé ensuite ?
– Ben… Il paraît qu'on l'a viré de la salle de cinéma !

---

La maîtresse à Toto :
– Sais-tu pourquoi on fait bouillir l'eau ?
– Oui, c'est pour tuer les microbes !
– Très bien, Toto. Et pourquoi la bouilloire siffle-t-elle quand son eau bout ?
– C'est à cause des microbes qui hurlent de douleur !

---

# Perles de coiffeurs

***Un peu d'humour coquin...***

– Que fait-on ?

– On rase tout !

– Ah, moi, je ne m'occupe que de votre tête !

***Pour une fois qu'il n'y avait aucune allusion coquine...***

– Je suis toute seule au salon aujourd'hui, mon mari suit une formation. Du coup, je suis toujours sur le qui-vive !

– Sur qui ?

———

***Quand on confie sa tête à un coiffeur, c'est forcément parce qu'on lui fait confiance. Non ? Ah bon...***

– Non, non ! Ne mettez pas votre main devant mes yeux !

– Mais c'est pour ne pas vous mettre de la laque dedans et sur votre visage...

– Je veux voir ce que vous faites !

———

***Un client donne un cours de géométrie :***
– Je voudrais un carré, mais un peu rond…

---

***Les coiffeuses devraient arborer un badge avec leur prénom dessus. Mais cela ne résoudrait pas le problème : à force de le lire dans le miroir, certains clients seraient capables de le prononcer à l'envers !***
– Vous avez l'habitude de passer avec une coiffeuse ?
– Oui.
– Laquelle ?
– Avec la belle.

---

***Ce coiffeur maladroit est sèchement remis à sa place…***
– Vous faites des shampoings antipelliculaires ?
– Non.
– Vous devriez…
– Vous avez l'habitude de conseiller les clients ?
– Oui.
– Vous ne devriez pas.

---

# Drôles de couples

Une femme se confie à une amie :
– Je me suis disputée avec mon mari au sujet des prochaines vacances !
– Vous n'êtes pas d'accord ?
– En total désaccord ! Moi, je veux partir aux Baléares.
– Et lui ?
– Lui, il veut venir avec moi !

---

Un gars à sa copine :
– Demain, c'est la Saint-Valentin !
– Tu t'appelles Valentin ?
– Non.
– Alors ta gueule !

---

– Toujours en couple avec ton mec ? demande une fille à une amie.
– Non, c'est terminé !
– Ah ! mince…
– Je lui avais demandé de me prouver qu'il avait des liens affectifs avec moi et… tu sais ce qu'il m'a acheté ?

– Non…
– Une paire de menottes !

---

**Qu'est-ce qu'on est quand on entend une voix qui nous dit quoi faire ?**
Schizophrène ou en couple !

---

– Tu lui donnes un surnom, à ton mari ? demande une femme à une collègue.
– Oui, je l'appelle « mon petit hibou ».
– C'est mignon… Et pourquoi un hibou ?
– Parce que soit « hiboude », soit « hibouffe » !

---

Un type se confie à un copain :
– Ma femme vient d'accoucher…
– Heureux ?
– Ben, je pensais que ma vasectomie empêcherait ma femme d'être enceinte, mais en fait non, ça change juste la couleur du bébé !

---

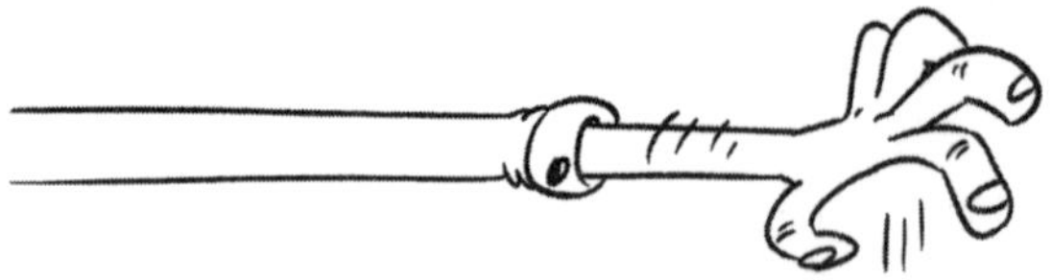

# Comment emmerder le monde

Vous n'êtes peut-être pas un pro de l'entretien des piscines, mais les grincheux devraient reconnaître que votre idée de verser dans l'eau un litre de Canard WC « senteur marine » pour que ça ressemble à la mer des Caraïbes, cela partait d'une bonne intention !

---

Une voiture s'arrête pour vous laisser traverser : au milieu de la chaussée, retirez une chaussure en faisant semblant de vouloir en ôter un petit caillou qui vous fait souffrir…

---

Qui n'a jamais renversé de l'eau sur les draps d'une personne pour faire croire à tout le monde que celle-ci avait pissé au lit ? Vous ? Alors vous savez ce qu'il vous reste à faire…

---

Relancez la box Internet quand vos enfants ou votre conjoint jouent en ligne !

---

Pour quitter une soirée, prétextez à ceux qui restent s'amuser une fausse mauvaise nouvelle vous concernant... Que la *fake news* soit suffisamment triste et horrible pour leur passer le goût de faire la fête !

---

Entrez dans les magasins de vêtements juste avant leur fermeture seulement pour essayer plein de trucs. Ne rien acheter.

---

Assis confortablement dans les transports en commun, faites un petit coucou de la main aux personnes qui viennent de louper leur bus, train ou métro... Cela devrait les réconforter.

---

Dans une animalerie, demandez à acheter un lapin et faites-vous conseiller sur le temps de cuisson...

---

Pour la photo de groupe d'un mariage, habillez-vous avec des couleurs criardes et placez-vous au premier rang, le plus près possible des mariés. Si vous préférez, vous pouvez aussi vous présenter de dos ou bien faire les traditionnelles oreilles de lapin à la personne devant vous...

---

# Devinettes

**Qu’est-ce qui nous empêche le plus d’être nous-mêmes ?**
Le Code pénal…

**Quel point commun y a-t-il entre la vie et une coiffeuse ?**
Tu lui dis ce que tu aimerais et elle fait ce qu’elle veut…

**Quand devient-on gentil ?**
Quand on commence à devenir moche…

**Qu’est-ce qu’une fille pleine de surprises ?**
C’est pas un cadeau !

**Pourquoi celles qui ont des petits seins dorment-elles torse nu ?**
Parce qu'elles espèrent qu'une piqûre de moustique pourra leur faire gagner une taille de bonnet !

---

**Quand sait-on que l'on est devenu vieux ?**
Quand il n'y a que des morts sur notre playlist…

---

**Comment savoir si votre couple va durer ?**
Faites vos achats chez Ikea. Si vous en ressortez sans vous être disputés, c'est l'amour de votre vie !

---

**Qui ne vous juge pas sur les apparences et vous aime comme vous êtes ?**
Les moustiques.

---

**Quelle différence y a-t-il entre les hommes costauds et les hommes gentils ?**
Les premiers font les forts, les autres l'effort…

---

# Les questions connes

Quand on s'endort sur le canapé et que l'on va se coucher, pourquoi on ne s'endort plus ? Le sommeil est resté sur le canapé ?

---

Lorsqu'on cherche son chemin en voiture, pourquoi baisse-t-on le volume de la radio ?

---

Pourquoi a-t-on des billets de 5 euros alors qu'il n'est pas possible d'en retirer au distributeur ?

---

Celui qui déplace des montagnes, il fout le bordel dans la cartographie ?

---

Asperger les cons d'un produit insecticide, ça ne les tue pas, mais ça les fait fuir ?

---

Celui qui s'en bat les couilles, il n'est pas un peu maso?

---

Un soutien-gorge Disney, c'est quand tu as des seins animés?

---

Dire à quelqu'un que c'est un gros con, c'est une insulte ou une description?

---

Le matin, pourquoi arrive-t-il toujours trop tôt?

---

Les barbus sont plus sexy, on parle des hommes ou des femmes?

---

Mieux vaut jouer à saute-mouton avec une licorne ou un hérisson?

---

Peut-on lancer avec son conjoint une partie de « ni oui ni non » juste avant de se marier?

---

# Trop blondes

**Le point commun entre expliquer une chose à une blonde et sourire à un aveugle?**
Ça ne sert à rien.

---

Deux blondes se rendent sur une plage de Bretagne alors que la mer est à marée basse…
– Oh! là, là! La mer est loin! s'exclame la première.
– Oui, c'est à cause de la sécheresse.

---

Deux blondes observent la lune…
– L'homme est déjà allé sur la Lune mais pas sur le Soleil…
– Bah oui, c'est trop chaud!
– Oui, faudrait y aller de nuit…

---

Une blonde va voir son médecin et lui annonce:
– Docteur, j'ai fait un test de Q.I. et je n'ai obtenu que 34! Je ne comprends pas pourquoi!

– Je vais vous rassurer : il est tout à fait normal que vous ne compreniez pas pourquoi !

---

Une brune fait remarquer à sa copine blonde :
– Tu mets ta casquette à l'envers ? Elle ne te protège pas trop du soleil…
– J'y peux rien, ils ont cousu la visière à l'arrière !

---

Deux blondes se promènent le long d'une plage et font la découverte d'un coquillage fossilisé.
– T'imagines qu'il vivait il y a plusieurs millions d'années ! dit la première tout en le ramassant.
– Mais comment pouvait-il vivre il y a plusieurs millions d'années alors que la Terre existe depuis 2024 ans ?
– Ben… Parce qu'il vivait dans la mer, pas sur la terre !

---

Une blonde tourne en rond en marchand à quatre pattes dans son jardin…
– Que cherches-tu ? lui demande son mari.
– Ben, je veux brancher une lumière extérieure, je cherche la prise de terre !

---

# Blagues coquines

Melon et Melèche mangent des fruits.
Melon mange la poire, et Melèche, la banane et les noix.

---

Le loup arrive chez mère-grand. « Toc-toc-toc ! », il frappe à la porte.
– Tire la chevillette et la bobinette cherra !
– Salut, mère-grand ! Dis, t'aurais pas envie de changer un peu l'histoire ? Y a longtemps que tu n'as pas dû voir le loup… Je me trompe ?
– Ooooooh oui ! T'as raison, prends-moi comme une bête !
Le loup saute sur la grand-mère et commence à s'activer. Mais la mère-grand est quelque peu rouillée et l'affaire n'est pas aisée.
– Que se passe-t-il, mon grand loup ?
Le loup fait une nouvelle tentative mais rien n'y fait, il ne parvient pas à la pénétrer. Fou de rage, il se met à hurler :
– Elle pourrait pas se magner le cul, l'autre conne, avec son pot de beurre ?

---

Devant la machine à café, deux collègues parlent d'une nouvelle stagiaire :
– Je te parie que je couche avec elle dès ce soir !
– Pari tenu !
Le type drague la stagiaire et, le lendemain, les deux collègues se retrouvent devant la machine à café…
– Alors ?
– Alors, j'ai gagné mon pari ! Mais bof… Ma femme baise mieux qu'elle !
– Ah… Je couche avec la stagiaire dès ce soir et je te dis ce qu'elle vaut !
Le surlendemain, les deux collègues se retrouvent encore à la pause-café :
– Alors ? Tu es parvenu à coucher avec elle ?
– Oui ! Et t'avais raison, ta femme baise mieux qu'elle !

---

Melon et Melèche s'évadent de prison.
Melon lime la serrure, et Melèche, le barreau.

---

**Quelle différence y a-t-il entre l'érotisme et la perversion sexuelle ?**
L'érotisme, par exemple, c'est d'utiliser une plume.
Dans la perversion, on utilise le poulet tout entier !

---

# Mots d'esprit

« Il vaut mieux qu'il pleuve aujourd'hui qu'un jour où il fait beau ! »

**Pierre Dac**

---

« La chaîne du mariage est si lourde qu'il faut être deux pour la porter, quelques fois trois. »

**Alfred Capus**

---

« L'homme qui a eu le moins de chance dans sa vie est ce pauvre astronaute Youri Gagarine. Il est parti de Russie ; il a fait dix-sept fois le tour de la Terre, et il est retombé en Russie ! »

**Coluche**

---

« Les maris des femmes qui vous plaisent sont toujours des imbéciles. »

**Georges Feydeau**

---

« Le plus beau compliment que je puisse faire à une femme est de lui dire : “Je suis aussi bien avec toi que si j’étais tout seul.” »

**Jean Yanne**

—

« Quand on demandait à Blaise Pascal sa carte d’identité, il sortait un billet de 500 francs. »

**Steven Wright**

—

« Il vaut mieux encore être marié qu’être mort. »

**Molière**

—

« On fait de plus en plus de bières sans alcool. C’est sûrement pour les mecs qui n’aiment pas être saouls, mais qui adorent quand même pisser… »

**Coluche**

—

« L’amour est comme la varicelle. Il faut être passé par-là. »

**Jerome K. Jerome**

—

# Les plus courtes sont les meilleures

Un gars éternue…
– Aaaatchouuum !
– À tes souhaits, lui dit son voisin.
– Merci. Aaaatchouuum !
– À tes amours…
– Merci. Aaaatchouuum !
– Ah ! Ta gueule !

---

Un Parisien entre dans une animalerie et commande une dizaine de rats. Le commerçant lui demande :
– Que comptez-vous faire avec tous ces rats ?
– Je déménage et il faut que je rende l'appartement comme je l'ai trouvé…

---

Un homme à son boucher :
– Je voudrais de la belle poitrine, s'il vous plaît !
– Désolé, je n'en ai pas. Repassez cet après-midi, ma femme sera là.

---

Un homme se rend dans une animalerie et demande au commerçant :
– Je voudrais un hamster pour ma femme.
– Désolé, monsieur, mais nous ne faisons pas de troc !

---

Un homme entre dans le bureau d'un employé et se présente à lui :
– Bonjour, je suis le PDG.
– Bonjour, Geai. Moi, c'est Franck.

---

Un bègue interpelle un copain dans la rue :
– T'... T'... aaaaaaaas... cin... cin... cin... cinq... mi... mi... minutes ?
– Oui, pourquoi ?
– Je... je... vou... vvvv... voudrais... te... te... te... pa-pa... paaa... parler... Cin... Cinq mi-mi... minutes !

---

Un homme croise son voisin et lui lance :
– Monsieur, votre chien hurle à la mort quand vous n'êtes pas là !
– Votre femme aussi...

---

# Les dragueurs

Un garçon demande à une fille qu'il souhaite séduire :
– T'aurais pas un conseil à me donner pour te draguer ?
– Si, la chirurgie esthétique !

---

Un type s'approche d'une fille et lui dit :
– Je te regarde depuis tout à l'heure… Tu es une véritable perle !
– C'est gentil… Tu me trouves donc belle, rare et brillante !
– Non, j'ai juste envie de t'enfiler.

---

Dans un train, un type drague et baratine une femme depuis trente minutes.
– Vous aimez voyager léger, non ? lui dit la femme.
– Oui, comment savez-vous cela ?
– Vu la taille de votre bagage intellectuel…

---

Un type aborde une fille et lui dit :
– On m'a dit que tu étais chanteuse ?
– C'est exact.
– Alors on est fait pour s'entendre !
– Pourquoi ?
– J'ai un micro-pénis !

---

Dans un train, un gars s'installe à côté d'une jolie fille et engage aussitôt la conversation.
– Je suis ingénieur en physique nucléaire et vous ?
– Rien d'intéressant…
– Il est vrai que la physique nucléaire est une chose passionnante ! Vous souhaitez que je vous en parle ?
– Ben, je me demandais un truc… Les lapins, les vaches et les chevaux mangent de l'herbe ?
– Oui…
– Et pourtant, le lapin fait des petites crottes, la vache une grosse bouse molle et le cheval des boulets durs… Pourquoi ?
– Heu… ça, je ne sais pas.
– Et vous voulez me parler de physique nucléaire alors que vous ne pouvez même pas résoudre un problème de merde ?

---

# Toc toc toc

**Toc-toc-toc!**
– Qui est là?
– Mike...
– Mike qui?
– *Mike a virgin touched for the very first time. Like a virgin when your heart beats next to mine...*
**Madonna – *Like a Virgin***

---

**Toc-toc-toc!**
– Qui est là?
– Audrey, Auffray...
– Audrey, Auffray qui?
– Audrey Auffray la cage aux oiseaux, regardez-les s'envoler, c'est beau, les enfants si vous voyez, des p'tits oiseaux prisonniers, ouvrez-leur la porte vers la liberté...
**Pierre Perret – *La Cage aux oiseaux***

---

**Toc-toc-toc !**
– Qui est là ?
– C'est Martin...
– C'est Martin qui ?
– C'est Martin, un lapin, a tué un chasseur, c'était un lapin qui, c'était un lapin qui... Ce matin un lapin, a tué un chasseur, c'était un lapin qui, avait un fusil...
**Chantal Goya – *Un lapin***

---

**Toc-toc-toc !**
– Qui est là ?
– Abel...
– Abel qui ?
– Abel au bois dormant !

---

**Toc-toc-toc !**
– Qui est là ?
– Ken, Irma...
– Ken, Irma qui ?
– Ken Irma prend dans ses bras, il me parle tout bas, je vois la vie en rose, il me dit des mots d'amour, des mots de tous les jours, et ça me fait quelque chose...
**Édith Piaf – *La Vie en rose***

---

# Parents épuisés

Une femme rencontre une amie et lui demande :
– Tu as des poches sous les yeux, tu sembles abattue, totalement épuisée… Dis-moi, qu'est-ce que tu as ?
– Un enfant…

---

**Quelle différence y a-t-il entre un bébé à 16 semaines et un ado de 16 ans ?**
Le premier peut entendre la voix de sa mère, le second ne l'entend plus du tout !

---

Un fils à sa mère :
– Dis, maman, à votre époque, qu'est-ce que vous faisiez avec papa lorsque vous vous embêtiez et qu'Internet n'existait pas ?
– Je ne me souviens plus… Demande à tes douze frères et sœurs s'ils savent.

---

Dans un parc où jouent des enfants, une femme s'écrie :
– Oh ! là, là, qu'il est moche ce môme !
Une voix lui répond :
– C'est mon fils !
– Oh ! pardon, monsieur ! Je ne savais pas que vous étiez son père !
– Je suis sa mère.

---

**Pourquoi, il y a cinquante ans, les adultes regardaient-ils la télévision avec leurs enfants à côté d'eux ?**
Parce qu'ils leur servaient de télécommande…

---

**Pourquoi le diable ne s'habille pas en Prada ?**
Parce qu'il ne porte que des couches-culottes et hurle toute la nuit !

---

Une femme demande à sa collègue de bureau :
– Comment s'appelle ton fils ?
– Heu, je ne sais plus…
– Comment ça, tu ne sais plus ?
– Ben, il y a tellement longtemps que je ne l'appelle que par « Dépêche-toi », « Range », « À table », etc.

---

# L'abus d'alcool est dangereux pour la santé

Accoudé au comptoir d'un café, un alcoolique s'adresse au patron :
– Hé ! Tu sais que la Terre, elle tourne sur elle-même à 17 000 km/h ?
– Non, mais si tu le dis…
– Hé ! Tu sais que la Terre, elle tourne aussi autour du soleil à 110 000 km/h ?
– Non, je ne savais pas…
– Hé ! Tu sais que le soleil, il se déplace à 830 000 km/h dans la Galaxie ?
– Non, mais qu'est-ce que tu veux que ça me foute ?
– Ben, c'est juste pour dire que… si je vomis sur le comptoir, c'est pas ma faute !

---

Tard dans la nuit, un homme en état d'ébriété avancée quitte un bar pour retourner chez lui. Au détour d'une rue, il tombe nez à nez avec un type vêtu d'une cape noire et avec de grandes dents blanches. Un vampire ! Ce dernier le menace :
– Soit je te saigne, soit je t'encule !

Préférant garder la vie sauve, l'homme se laisse prendre par-derrière. Au bout d'un moment, le vampire lui dit :
– Dis, tu pourrais au moins faire comme si tu aimais ça !
– Ben... C'est que j'suis pas homo, alors...
– Et alors ? Tu crois que je suis vampire peut-être ?

---

Une femme à une amie qui souffre d'alcoolisme :
– Que fais-tu ce soir ?
– Je passe la soirée avec mon chéri.
– Tu as trouvé un homme ?
– Pas encore.
– Dis-moi, « mon chéri », ce ne serait pas une cerise trempée dans de l'alcool et enrobée de chocolat ?

---

Au comptoir d'un bar, un alcoolique dit à son voisin :
– Cette nuit, j'ai fait un cauchemar ! On était ici, au bar, et on buvait de l'eau...
– Ah ! Ah ! C'est fou parce que j'ai presque fait le même rêve ! Nous étions au bar et on buvait tous les deux un Perrier !
– Un Perrier sans alcool ?
– Oui.
– Alors c'était pas moi.

---

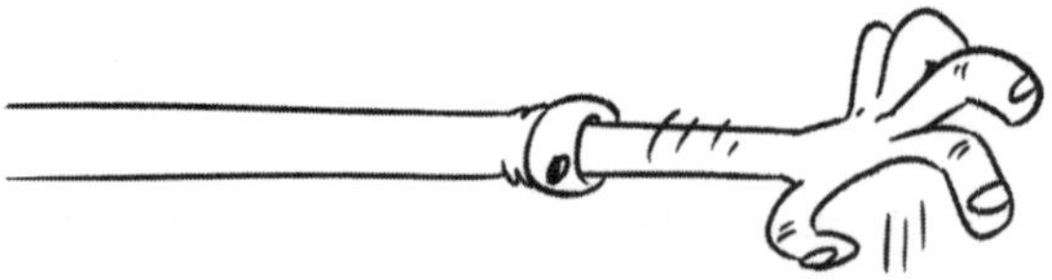

# Comment emmerder le monde

En voiture, suivez les joggeurs ou les cyclistes, les vitres ouvertes et avec la musique à fond pour les encourager !

---

Ah, la magie de Noël ! Révélez à l'avance aux gens les cadeaux qu'ils auront !

---

Non, vous n'êtes pas l'emmerdeur que tout le monde pense. Vous êtes un être sociable. La preuve : à la plage, vous installez votre serviette contre celle des inconnus et engagez la discussion avec eux.

---

Dans les transports en commun, vaporisez du parfum d'ambiance tout autour de vous.

---

Rendez-vous au restaurant avec votre propre bouteille d'eau et votre yaourt pour le dessert. Demandez aussi que l'on change votre verre et vos couverts, que vous estimez malpropres.

---

Dans la salle d'attente d'un docteur, toussez et éternuez sans mettre votre main devant votre bouche ! Surtout si vous n'êtes venu que pour un mal de dos…

---

Dans un transport en commun bondé, demandez gentiment sa place à quelqu'un. Lorsque vous êtes assis, dites-lui simplement : « Merci, je n'aime pas être debout… »

---

Aux terrasses des cafés, demandez à vos voisins de parler moins fort !

---

Revissez toujours mal les pots de confiture, moutarde, Nutella et autres cornichons de manière qu'ils échappent des mains des prochains à s'en emparer.

---

Perdez vos mauvaises habitudes, ne remerciez jamais l'automobiliste qui s'arrête pour vous laisser traverser.

---

# C'est la crise

**Quelle est la seule chose dont le prix n'a pas augmenté dans les supermarchés ?**
Les chariots, c'est toujours un euro !

—

**Qu'est-ce qu'un salaire hybride ?**
C'est quand la moitié du salaire passe en essence et l'autre en électricité !

—

**Quel moyen de locomotion le monde utilise-t-il ?**
Les couilles. Le monde part en couilles…

—

**Depuis quand les Russes ont-ils gagné des années d'espérance de vie ?**
Depuis que les restaurants McDonald's, Starbucks et KFC ont fermé…

—

– Quand on célèbre un événement, on ouvre généralement une bouteille qui coûte cher ? demande un gars à un ami.
– Oui, c'est exact !
– Bien. Alors, pour la Saint-Valentin, tu penses que je peux ouvrir une bouteille d'huile ?

---

Puisque l'essence est devenue plus chère que l'alcool… cela peut-il enfin nous aider à choisir entre boire ou conduire ?
« Quand on n'a plus de pétrole, on a de grosses guiboles ! »

---

**Quelle différence y a-t-il entre celui qui a le vertige et un automobiliste ?**
L'un a peur du vide et l'autre du plein.

---

**Comment sait-on que l'on a oublié de payer une facture ?**
Quand il nous reste de l'argent à la fin du mois…

---

# Trop blondes

**Pourquoi les blondes n'aiment-elles pas les e-books?**
Parce qu'il faut imprimer toutes les pages soi-même…
**Et les livres audio?**
C'est encore pire, il faut saisir le texte avant de pouvoir imprimer…

Un garçon qui a convié sa petite amie blonde dans sa chambre, lui dit:
– Viens, assieds-toi à côté de moi. C'est la première fois?
– Non, je me suis déjà assise!

– Mais comment as-tu fait pour prendre autant de poids depuis l'année dernière? demande une brune à une blonde.
– J'ai suivi les conseils de mon diététicien: «Vous êtes libre de manger ce que vous voulez entre le premier de l'An et Noël»!
– Tu es certaine?

– Oui.
– Il n'aurait pas plutôt dit « entre Noël et le premier de l'An » ?

---

Une mère rentre à la maison et demande à sa fille blonde :
– Alors ? Je vois que tu as reçu du courrier... Ce sont les résultats de ton test ?
– Oui, il est négatif !
– Super, tu n'as pas le Covid alors.
– J'sais pas, là c'était le test de Q.I.

---

Une adolescente blonde est arrêtée par la police et conduite au commissariat. Son père est convoqué. Dans le bureau du policier chargé d'interroger l'adolescente, le papa dit alors à sa fille :
– Il faut tout dire... Allez, dis-leur !
– 15 h 20.

---

Un type à une blonde :
– J'ai envie de te bourrer...
– O.K., mais pas de champagne, j'aime pas !

---

# Hommes et femmes en blanc

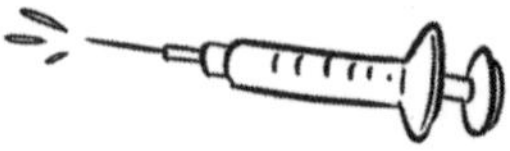

**À quoi reconnaît-on un gynécologue dans un congrès de médecin ?**
C'est celui qui porte sa montre autour de l'avant-bras…

———

Une femme se rend chez un psychiatre.
– Quel est votre problème, madame ?
– J'entends des voix…
– Que vous disent-elles ?
– Elles me disent : « Toi, t'es une vraie petite salope ! »
– Ah ? Mettez-vous à l'aise et installez-vous confortablement sur le divan.
Une demi-heure plus tard, la jeune femme et le psychiatre se rhabillent et il lui dit :
– Alors toi, t'es une vraie petite salope !

———

Un homme consulte un psychiatre. Ce dernier lui fait passer le test de Rorschach. Il lui présente des taches d'encre sur des feuilles en lui demandant de les interpréter :
– Que voyez-vous ?

– Je vois… un couple en train de faire un 69.
– Et sur cette feuille, que voyez-vous ?
– Une femme qui fait une fellation.
– Hum… et sur cette feuille ?
– Une grande partouze !
– Bien, inutile de continuer, votre problème est très simple : vous êtes un obsédé sexuel !
– Obsédé sexuel ? Non mais ça va pas ? C'est vous qui me montrez des images cochonnes !

---

Une femme accouche d'un enfant avec de nombreuses malformations. C'est même un cas unique au monde : l'enfant n'est en fait qu'une oreille ! Pas de corps, pas de tête, ni bras ni jambe, juste une oreille… La mère, courageuse, lui parle doucement (à l'oreille) :
– Ne t'inquiète pas, mon petit. Je te protégerai toute ma vie. Je t'aime et ça, personne ne pourra m'en empêcher ! Tu es différent des autres, mais cela n'altère en rien l'amour que je te porte ! Tu es mon enfant et je t'aime tel que tu es…
La sage-femme, qui écoutait la mère, l'interrompt :
– Ne vous fatiguez pas, madame, il est sourd !

---

# Les répliques de ciné

– Il en trouve une, mais il est pas capable de faire la différence entre une reine d'Égypte avec un singe et deux faucons, et une pute de banlieue.
– Oh ben, une fille avec une robe du soir à 5 heures du matin…
***Deux heures moins le quart avant Jésus-Christ*** (1982), de Jean Yanne avec Coluche, Michel Serrault, Jean Yanne

---

« Tu ouvres le dico à “chiante”, y a pas son nom, y a sa photo ! »
***Les Deux Papas et la Maman*** (1996), de Jean-Marc Longval et Smaïn avec Arielle Dombasle, Antoine de Caunes, Julie Gayet, Smaïn

---

« Patricia, mon petit, je ne voudrais pas te paraître vieux jeux et encore moins grossier… L'homme de la pampa, parfois rude, reste toujours courtois. Mais la

vérité m'oblige à te le dire : ton Antoine commence à me les briser menu ! »
***Les Tontons flingueurs*** (1963), de Georges Lautner avec Lino Ventura, Bernard Blier, Francis Blanche, Claude Rich, Jean Lefebvre, Jacques Dumesnil

---

« Un con qui en moins d'une heure amène ta femme à l'adultère et toi au contrôle fiscal, c'est tout de même prodigieux ! »
***Le Dîner de cons*** (1998), de Francis Veber avec Thierry Lhermitte, Jacques Villeret, Francis Huster, Daniel Prévost

---

« À la Saint-Valentin, si elle te tient la main, vivement la Sainte Marguerite ! »
***Disco*** (2008), de Fabien Onteniente avec Franck Dubosc, Gérard Depardieu, Emmanuelle Béart

---

« Qu'il s'agisse de rasoirs, de clés de voitures ou de femmes, j'ai toujours tout en double. »
***Comment réussir quand on est con et pleurnichard*** (1974), de Michel Audiard avec Jean Carmet, Stéphane Audran, Jean-Pierre Marielle

---

# Humour noir

**Top 5 des dernières paroles que vous prononcerez peut-être juste avant de mourir :**

5) Faut que je prenne deux ou douze gouttes ?

4) C'est pas un peu trop haut pour sauter ?

3) Les requins n'attaquent que si tu saignes.

2) D'accord, chérie. Je te laisse conduire un peu.

1) Va te faire enculer, sale flic !

---

Une femme consulte une voyante…

– Je vois que vous fendez la foule dans une longue voiture noire. Les gens sourient, applaudissent. Ils sont heureux de vous voir passer…

– Ah, et je les salue au passage ?

– Je ne peux pas voir, votre cercueil est fermé…

---

Un type déprime seul au comptoir d'un bar et pleure toutes les larmes de son corps. Un client tente de le réconforter :

– Quelque chose ne va pas ? Je peux vous aider ?

– Non, vous ne pouvez rien… Mon médecin vient de m'annoncer que j'allais devoir prendre des pilules jusqu'à ma mort !
– Ce n'est que ça ? Vous savez, beaucoup de gens doivent prendre un traitement jusqu'à la fin de leur vie !
– Oui, je sais. Sauf que moi, il m'a prescrit une boîte de 20 pilules non renouvelable…

---

**Top 5 des mots que vous n'aimeriez pas entendre si vous étiez sur la table d'opération :**
5) C'est franchement pas beau à voir…
4) Quel bordel, là-dedans !
3) Opinel ou Laguiole ?
2) Qui c'est qu'a mangé avec le bistouri ? Vous pourriez faire la vaisselle, non ?
1) Souhaitez-moi bonne chance !

---

– Maman ! Maman ! Le père Noël n'a pas amené de cadeaux sous le sapin ! dit un enfant en sanglotant.
– Oh… et tu avais bien fait ta lettre ? lui demande sa mère.
– Oui…
– Et tu lui as bien écrit tous les mois ?
– Non, pourquoi ?
– Alors forcément, si tu lui écris une fois dans l'année juste pour les cadeaux…

---

# Blagues à papa

**Que faut-il comme diplôme pour ouvrir un salon de coiffure ?**
Un bac à l'Oréal.

---

**Que répondre si on vous dit « Attention, talibans ! » ?**
T'as li chaises dé cassées ?

---

**Que fait un cheval qui fait demi-tour ?**
Il tourne l'étalon…

---

**Quel est le comble du journaliste ?**
C'est d'être à l'article de sa mort.

---

**Quelle monnaie les poissons utilisent-ils ?**
Des sous marins…

---

**En général, où trouve-t-on l'évêché?**
Au fond du couloir à droite…

---

**Où place-t-on les roux contagieux?**
En carotène.

---

**Quel est le comble pour un serrurier?**
C'est d'être sous les verrous…

---

**Savez-vous pourquoi les bélugas sont en voie d'extinction?**
Parce qu'il n'y a pas de bélufilles…

---

**Qu'est-ce qu'un chou qui sait danser?**
Un choubidoubidouwa…

---

**Quel mois de l'année est le plus incertain?**
Le mois doute…

---

# Perles des assurances

« J'ai été très étonnée de voir la voiture que je suivais s'arrêter au feu rouge. »

---

« Veuillez trouver ci-joint la photocopie de ma voiture. »

---

« J'étais persuadé que la vieille femme n'oserait pas traverser… »

---

« Votre répondeur m'a conseillé de vous rappeler plus tard et quand je rappelle plus tard il me dit que c'est trop tard et de rappeler demain ! »

---

« Combien est-ce que vous rachetez ma voiture qui est foutue ? »

---

«Combien vous me donnez pour ma voiture? Je vous rappelle que l'autoradio doit toujours marcher.»

---

«Il a fallu désosser ma femme pour la sortir de la voiture.»

---

«Oui, je suis responsable de l'accident qui a cabossé toute la voiture. Mais le toit était encore bon et c'est les pompiers qui l'ont découpé au chalumeau! C'est eux les responsables pour le toit.»

---

«Je roulais dans le sens pudique.»

---

«Ce n'était que le premier accident d'une longue scierie noire.»

---

«En cas d'incendie ou de vol, est-ce que vous remboursez le mobilier pour la somme donnée dans le contrat ou est-ce qu'il faut prouver tous les meubles qu'on avait?»

---

# Drôles de couples

Un homme conduit sa jeune femme à l'aéroport, où elle doit prendre l'avion pour Londres afin de se rendre à un séminaire d'entreprise. Une fois arrivée à Roissy, la femme descend de la voiture et dit à son mari :
– Eh bien… À dans une semaine ! Tu aimerais que je te ramène quelque chose d'Angleterre ?
Le mari, coquin, lui suggère :
– Si tu veux me faire plaisir… Ramène-moi une petite Anglaise !
Son épouse ignore sa remarque et s'éloigne. Une semaine plus tard, le mari vient chercher sa femme à l'aéroport. À peine se sont-ils retrouvés qu'il lui demande :
– Alors, mon petit cadeau ? Où est-il ? Je ne vois pas de petite Anglaise avec toi ?
Sa femme le foudroie du regard et lui lance :
– Pour la petite Anglaise, je peux te dire que j'ai fait tout mon possible ! Seulement, tu vas devoir encore patienter neuf mois pour savoir si ça sera une fille ou non !

Un homme demande à sa femme :
– Tu m'aimes ?
– Oui, fort !
– Et... par exemple, que ferais-tu si tu devais choisir entre un voyage et moi ?
– Je penserais à toi tout au long du voyage !

---

Pour quelle raison as-tu accepté de m'épouser ? demande un homme à son épouse.
– Parce que je te trouve drôle.
– Ah bon ? Je pensais que c'était parce que j'étais doué au lit...
– Ah, ah, ah ! Tu vois, t'es drôle !

---

Un couple très croyant est au bord de la rupture...
– Tu ne m'aimes plus ? demande le mari à sa femme.
– Non.
– Dieu a pourtant dit qu'il fallait aimer son prochain ?
– Le prochain, oui, l'actuel, non !

---

# Devinettes

**Quand les collègues de travail sont-ils source de joie ?**
Pour certains quand ils arrivent et pour les autres quand ils s'en vont…

**Quelles sont les affaires d'été dans lesquelles nous sommes toujours sûrs de rentrer encore ?**
Les tongs !

**Comment se nomme la fée aux fesses rouges ?**
La fée Sée.

**Comment fait la vipère ?**
Elle fait : « Salut, tu vas bien ? »

**Quel point commun y a-t-il entre un mort et un con ?**
Ils ne savent pas qu'ils le sont !

---

**En hiver, qu'est-ce qui est blanc et qui attend ?**
Nous, de pouvoir bronzer l'été prochain !

---

**Quel point commun y a-t-il entre le mot « putain » et le noir ?**
Ça va avec tout.

---

**Quel prénom donne-t-on aux gens que l'on n'aime pas ?**
« L'autre ».

---

**Pourquoi, à partir d'un certain âge, on ne veut plus manger bio ?**
Parce qu'on a besoin de tous les agents de conservation possibles !

---

# La ronde des métiers

**Combattant MMA**

Un professeur assiste à un match de MMA. Parmi les spectateurs, il remarque l'un de ses élèves, qui était justement absent la journée. Il va le voir :

– Eh bien ? Je pensais que tu te rendais à l'enterrement de ton père aujourd'hui ?

– Oui, c'est exact. Mon père va combattre dans quelques minutes…

---

**Policier**

Des policiers arrêtent un véhicule…

– Police, veuillez boire cette eau tiède, je vous prie ! ordonne un policier au conducteur.

– Merci mais… j'ai pas soif !

– Vous faites un refus d'eau tempérée ?

---

**Taxi**

Un type passe sa tête par la vitre ouverte d'un taxi et demande au chauffeur :

– Dites, taxi, vous auriez de la place pour quatre bières et une pizza toute chaude ?
– Heu… Oui, pourquoi pas !
– Bleuuuuuuurp !

---

**Guide touristique**

Un groupe de touristes belges visite un aquarium. Leur guide se met à observer fixement un poisson-lune jusqu'à ce que ce dernier vienne vers lui tout contre le verre qui les sépare. Le guide fait alors un clin d'œil et le poisson en fait autant. Il gonfle les joues et le poisson se gonfle. Il ouvre la bouche et le poisson fait de même. Un Belge demande alors :
– Pardonnez-moi, monsieur, mais c'est la première fois de ma vie que je vois une telle chose ! Comment faites-vous ?
– C'est simple. Vous fixez le poisson droit dans les yeux. Dès que vos regards se croisent vous vous concentrez pour faire passer les ondes de votre cerveau vers le sien. Ensuite, vous pouvez faire de lui ce que vous voulez !
Le Belge se met alors à fixer le poisson-lune dans les yeux. Il se concentre et… se retrouve par terre en train de frétiller.

---

# Les questions connes

Existe-t-il une formation ou un diplôme pour apprendre à remettre les articles dans leur emballage d'origine ?

---

Puisqu'on ne grandit plus après 20 ans, pourquoi le cul et le ventre continuent-ils ?

---

Les gens qui chantent des chansons en anglais, ils les chantent en quelle langue ?

---

Celui qui te dit « Si tu me cherches, tu vas finir par me trouver ! », il veut jouer à cache-cache ?

---

Ceux qui sont contre l'avortement, est-ce qu'ils mangent du poisson pané ?

---

À Roland-Garros on joue sur de la terre battue, et personne ne dit rien ?

---

« Aimez-vous les uns les autres », c'est une citation de Jésus Christ ou d'Hannibal Lecter ?

---

Quand on prend son pied, ne risque-t-on pas de se casser la gueule en marchant ?

---

Les fantômes, ne seraient-ce pas des gens qui sont morts en pliant des draps ?

---

La tartine beurrée ne tombe peut-être pas du mauvais côté, c'est peut-être nous qui la beurrons toujours du mauvais côté ?

---

Si on s'amuse à sonner aux portes des gens qui ont un paillasson « Bienvenue », allons-nous être les bienvenus ?

---

# Le troisième âge

**Quelle différence y a-t-il entre un enfant de 10 ans et un adulte de 80 ans devant la télé?**
L'enfant de 10 ans regarde la télé et l'adulte de 80 ans, c'est la télé qui le regarde…

---

Une vieille dame reçoit sa petite-fille à dîner…
– Ah, te voilà ! J'étais inquiète : hier, je t'ai téléphoné toute la journée, tu n'as pas répondu, dit-elle tout en brandissant son téléphone en guise de preuve.
– Ce n'est pas ton téléphone, mamie, c'est ta calculatrice…

---

**Quelle différence y a-t-il entre un jeune et un vieux à la recherche d'effets psychotropes?**
Le jeune fume de l'herbe et le vieux se lève trop vite du canapé…

---

Une femme retrouve une amie :
– Que fais-tu maintenant ?
– Je suis auxiliaire de vie.
– Et comment vas-tu ?
– Je vais de vieux en vieux…

---

Dans le métro, un jeune homme qui mâche bruyamment son chewing-gum la bouche ouverte s'assoit en face d'une grand-mère. Au bout de quelques minutes, cette dernière lui dit :
– Parlez plus fort, jeune homme ! Je suis un peu sourde !

---

**Pourquoi les plages publicitaires du film du soir sont-elles trop courtes, aussi bien pour les jeunes que pour les vieux ?**
Les jeunes n'ont pas le temps de commander un Uber et de manger, les vieux n'ont pas le temps d'aller pisser et de faire un petit somme…

---

**Pourquoi les samedis les supermarchés sont pleins de petits vieux qui vont à deux à l'heure ?**
Parce qu'ils sont partis de chez eux faire leurs courses depuis lundi…

---

# Dieu & Co.

**Noms et traits de caractère des abbés du monastère Réotype :**
L'abbé Cheuse est prétentieux.
L'abbé Daine mange trop.
L'abbé Néfice, pas capitaliste pour un sou.
L'abbé Névole, toujours volontaire.
L'abbé Résina, ancien militaire qui a tout perdu.

---

Le gourou d'une secte, un prêtre catholique et un rabbin échangent quelques conseils…
– Que faites-vous de l'argent de la quête ? demande le gourou au prêtre catholique.
– C'est très simple. Je trace une ligne sur le sol et je lance l'argent de la quête en l'air. Tout ce qui tombe à gauche de la ligne est pour moi et tout ce qui tombe à droite est pour mes bonnes œuvres. Et vous ?
– Moi, je lance l'argent de la quête en l'air. Toutes les pièces qui retombent à plat sont pour moi et toutes

celles qui tombent sur la tranche sont pour mes bonnes œuvres. Et vous, rabbin ?
– Moi aussi, je lance l'argent de la quête en l'air. Tout ce que Dieu veut, il le garde, et tout ce qui retombe est pour moi !

---

Dieu créa la Terre, il vit que c'était beau.
Dieu créa l'homme, il vit que c'était beau.
Dieu créa la nature, il vit que c'était beau.
Dieu créa les animaux, il vit que c'était beau.
Dieu créa la femme…
Dieu créa le maquillage.

---

**Quels sont les derniers mots que Jésus a entendus ?**
Croise les jambes, je n'ai plus qu'un clou !

---

**Noms et traits de caractère des abbés du monastère Rilet :**
L'abbé Nédicta a la moutarde qui monte au nez.
L'abbé Nédictine, toujours bourré.
L'abbé Rébasque joue à la chistera.
L'abbé Teudeusex est extrêmement vigoureux.

---

# Mots d'esprit

«La fidélité n'est pas plus naturelle à l'homme que la cage au tigre.»

**George Bernard Shaw**

«La bigamie, c'est quand on a deux femmes. La monotonie, c'est quand on n'en a qu'une!»

**Pierre Desproges**

«Pour moi, un mariage heureux, c'est l'union d'un homme sourd avec une femme aveugle.»

**Samuel Taylor Coleridge**

«J'ai bien de quoi m'asseoir, mais je ne sais pas où le mettre.»

**Francis Blanche**

« L'amour, c'est un coup d'œil, un coup de reins et un coup d'éponge. »

**Sarah Bernhardt**

---

« Le mariage permet de résoudre à deux les problèmes qu'on ne se posait pas tout seul. »

**Tristan Bernard**

---

« Chez nous, les emmerdes, on les étire pour qu'elles fassent plus d'usage. »

**Frédéric Dard**

---

« Les époux sont des condamnés de draps communs. »

**Bernard Clavel**

---

« Vous avez déjà entendu parler un Américain du Texas ? On dirait un Allemand qui parle sous l'eau ! »

**Coluche**

---

# Ces chères têtes blondes

– Une petite fille à sa mère :
– Maman ! Maman ! T'as vu ? Quand je donne du gâteau au chien, il remue la queue !
– Gardes-en un peu pour ton père.

---

Dans un jardin public, un petit garçon s'assoit sur un banc à côté d'un très vieux monsieur de plus de 90 ans… Le vieux monsieur, qui connaît le petit, lui demande :
– Alors dis-moi, comment va ton grand-père ?
– Très bien, répond le petit garçon. Et le vôtre ?

---

Un enfant à son père :
– C'est quoi le dernier mot du dictionnaire ?
– Je sais pas… Demande à ta mère, c'est toujours elle qui a le dernier mot !

---

Un enfant arrive à l'école avec son petit chat. La directrice interpelle le petit garçon :
– Mais ? Qu'est-ce que tu fais avec ce chat ? Tu sais bien qu'il est formellement interdit d'apporter des animaux à l'école !
– Oui, m'dame, mais c'est pour lui sauver la vie !
– Comment ça ? C'est un chat abandonné ?
– Non, c'est le mien. Hier soir, y a un monsieur qui est venu à la maison voir maman et j'ai tout entendu de ce qu'il lui disait !
– Et qu'est-ce qu'il a dit ? interroge la directrice.
– Il a dit : « Demain, quand ton môme sera parti à l'école, je viendrai te bouffer la chatte ! »

---

Un petit garçon surprend ses parents en train de faire l'amour… Le lendemain matin, au petit déjeuner, le petit demande des explications à ses parents :
– Maman ? Pourquoi tu sautais sur le ventre à papa, hier soir ?
– Je vais t'expliquer, dit la maman. Ton papa, il a le ventre qui grossit… Alors moi, je saute dessus pour l'aplatir !
– Mais, fait le garçon, ça ne peut pas marcher !
– Bien sûr que si, ça peut marcher ! affirme le papa.
– Mais non, papa ! Ça peut pas marcher parce qu'à chaque fois que maman elle part, la voisine, elle vient souffler dans ton ventre pour le regonfler !

---

# Les hommes les femmes

Une femme se dispute avec son mari et lui lance :
– Pas la peine d'argumenter, j'ai toujours raison et tu as toujours tort !
– Oui, tu as toujours raison !
– Voilà.
– Mais comme j'ai toujours tort… Tu as tort et j'ai donc raison !

---

**Pourquoi n'utilise-t-on pas de la peau de femme pour faire des tambours ?**
Avez-vous déjà vu une femme raisonner ?

---

**Que dit le GPS quand une femme conduit ?**
Il ne dit rien, il prie !

---

**À quelle condition un homme accepterait-il que sa femme possède une voiture plus grosse que la sienne ?**
S'il s'agit d'un *food truck*…

---

**Comment faire cesser de ronfler son mari en deux étapes ?**
Le tourner délicatement sur le côté.
Le faire rouler jusque chez sa mère !

---

**Quelle différence y a-t-il entre un homme et un chat ?**
Ils reconnaissent tous les deux la voix de leur maîtresse, mais seul le chat s'en fout…

---

**Pour qui se prennent les hommes quand leurs femmes conduisent ?**
Pour des moniteurs d'auto-école !

---

**Les femmes ne cuisinent plus, ne font plus le linge, plus les courses, plus le ménage, mais que font-elles encore très bien ?**
La gueule !

---

# Monsieur et Madame…

Monsieur et Madame **Bola** ont un fils.
Comment l'appellent-ils ?
Tom. (Tombola)

---

Monsieur et Madame **Caman** ont un fils.
Comment l'appellent-ils ?
Medhi. (Médicament)

---

Monsieur et Madame **Ellecon** ont un fils.
Comment l'appellent-ils ?
Jeff. (J'ai fait le con.)

---

Monsieur et Madame **Eulamihoku** ont un fils.
Comment l'appellent-ils ?
Kim. (Qui me l'a mis au cul ?)

---

Monsieur et Madame **Haure de Maguitar** ont un fils. Comment l'appellent-ils ?
Jacques. (J'accorde ma guitare.)

---

Monsieur et Madame **Hépinière** ont un fils.
Comment l'appellent-ils ?
Samuel. (Sa moelle épinière.)

---

Monsieur et Madame **Graumorso** ont un fils.
Comment l'appellent-ils ?
Achille. (Ah, chie le gros morceau !)

---

Monsieur et Madame **Hossice-Nimergaise** ont un fils. Comment l'appellent-ils ?
Yannis. (Y a ni saucisse ni merguez.)

---

Monsieur et Madame **Golpa** ont un fils.
Comment l'appellent-ils ?
Jerry. (Je rigole pas.)

---

# Ani'mots

Sous l'eau, un calamar s'exclame au passage d'une raie :
– Waouh ! Quelle jolie raie !
– Très drôle… On me faisait déjà cette blague, t'étais pas encornet !

---

Un crocodile croise un chien et lui lance :
– Salut, sac à puces !
Le chien se retourne et rétorque :
– Salut, sac à main !

---

Une grenouille qui a une très grande bouche et dont elle est très fière, frime… Elle se dandine, passe devant une vache et lui demande :
– Salut, TOAAAAAAA ! Qu'est-ce que tu manges, TOAAAAAAA ?
– Je mange de l'herbe, répond la vache.
– QUOAAAAAAAAA ? De l'herbe ? POUAAAAAAAAA !!!
Elle s'éloigne ensuite de la vache et rencontre un écureuil :

– Salut, TOAAAAAAA ! Qu'est-ce que tu manges, TOAAAAAAA ?
– Je mange des noisettes, répond l'écureuil.
– QUOAAAAAAAA ? Des NOAAAAAAAAAsettes ?
La grenouille va ensuite montrer sa grande gueule à un oiseau :
– Salut, TOAAAAAAA ! Qu'est-ce que tu manges, TOAAAAAAA ?
– Je mange des petits vers de terre, répond l'oiseau.
– QUOAAAAAAAA ? Des vers ? Mais POURQUOI-AAAAAAAA ?
Elle aperçoit ensuite une couleuvre, elle va la voir et lui demande :
– Salut, TOAAAAAAA ! Qu'est-ce que tu manges, TOAAAAAAA ?
– Je mange des grenouilles à grande gueule, répond la couleuvre.
– Ah ? Et il y en a beaucoup par ici ?

---

Deux puces sortent d'un restaurant. Comme il pleut, la première dit à sa copine :
– On rentre à pied ou on prend un chien ?

---

# Les copains, les copines

– Quel est ton plus gros fantasme ? demande un gars à un copain.
– Une femme de ménage…
– J'imagine, à quatre pattes en train de nettoyer le sol… C'est ça ?
– Non, pas du tout ! Juste avoir une femme qui fait le ménage !

---

Une femme prend son amie en photo et constate en regardant cette dernière qu'elle fait la tronche…
– Tu fais encore la gueule sur la photo ! lui fait-elle alors remarquer.
– Ben, si j'avais une vie plus heureuse, je serais peut-être plus photogénique !
– Je me demande à quand remonte la dernière photo où tu étais heureuse alors !
– À mon échographie !

---

– Je fais un régime à base d'œufs, explique une femme à son amie.
– Ah ! O.K. ; brouillés, à la coque, au plat…
– Non, Kinder.

---

Une fille conseille une amie pour perdre un peu de poids :
– Si tu veux perdre du poids, tu devrais aller à la salle deux fois par semaine !
– Mais j'y vais déjà quatre fois par jour ! Deux fois à la salle de bains, deux fois à la salle à manger…

---

Une femme à une amie :
– Pour me sentir plus légère, je fais du yoga ! Et toi ?
– Moi, je fais caca.

---

– Mais pourquoi je ne trouve pas de mec ? se plaint une fille.
– Parce que t'es trop chiante ! lui répond sa pote.
– Tu crois ?
– Bah oui, t'es tellement chiante que ton mec, il ne t'a pas quittée en allant chercher des clopes, il est allé chercher des clopes pour ne jamais te rencontrer !

---

# Devinettes

**Quel est le meilleur moyen d'arrêter de fumer avec des patchs ?**
En coller un sur chaque œil pour ne plus trouver ses clopes !

---

**Qu'est-ce qui a dix lettres, un trait d'union, un espace et une apostrophe.**
Ce n'est pas une question, c'est « Qu'est-ce qui » !

---

**Comment passer une belle soirée de couple devant la télé ?**
En attendant que l'autre s'endorme pour zapper…

---

**À quoi sert la buée sur les vitres ?**
À dessiner des cœurs et des bites…

---

**Qu'y avait-il de mieux que les tests Covid dans le nez ?**
Mangez du chocolat pour vérifier si on n'avait pas perdu le goût…

---

**Quelles sont les trois solutions pour avoir un ventre plat ?**
Faire du sport, faire un régime, rentrer le ventre…

---

**Quel est l'avantage du passage à l'heure d'été ?**
On peut partir à la retraite une heure plus tôt !

---

**Quelle différence y a-t-il entre une mouche et nous ?**
En voulant sortir, la mouche peut se prendre cent cinquante fois la baie vitrée dans la gueule !

---

**Quel est le meilleur moyen de trouver le sommeil ?**
C'est de compter les insomnies, deux somnies, trois somnies, quatre somnies… et de laisser les somnies faire !

---

# Contrepèteries

Sais-tu ce que ta plante me fait?
Sais-tu que ta fente me plaît?

---

Toutes les courses ne mènent pas au même but.
Toutes les bourses ne mènent pas au même cul.

---

Tu brouilles l'écoute.
Tu broutes les couilles.

---

Elle a fait une bise sur sa tête!
Elle a fait une thèse sur sa bite!

---

Elle habite à Madère.
Elle adhère à ma bite.

---

Je rêve d'une escalope avec une belle salade.
Je rêve d'une escalade avec une belle salope.

---

Ton coup est passé si près du but !
Ton bout est passé si près du cul !

---

Le pus fait des croûtes.
Le cul fait des prouts.

---

Le marin démêlait la corde.
Le marin décollait la merde.

---

Les filles qui habitent Laval aiment bien le goût du blanc.
Les filles qui avalent la bite aiment bien le bout du gland.

---

Oh ! Le joli petit mouton calé entre les deux chèvres !
Oh ! Le joli petit bouton caché entre les deux lèvres !

---

# Trop blondes

Une caissière à une blonde qui vient de faire ses courses :

– Est-ce que vous avez la carte du magasin ?

– Non.

– Vous la souhaitez ?

– Pas besoin, j'ai réussi à trouver la sortie !

---

– Tu devrais aller voir une voyante ! conseille une fille à une amie blonde. J'en connais une qui lit dans les boules…

– Sauf que moi, j'suis une fille, j'ai pas de boules…

---

Une blonde demande à sa copine :

– Tu la connais, Arine ?

– Arine ? Non, pas du tout. Qui c'est ?

– Je n'en sais rien. Tout le monde parle de son amant !

– Son amant ?

– Oui, j'entends souvent dire « J'adore l'amant d'Arine ! » et moi, comme une conne, je ne le connais pas…

---

Une brune se confie à une amie blonde :
– En ce moment, je vis avec l'épée de Damoclès au-dessus de la tête...
– Pouah, ce doit être infect !
– Heu... oui, mais... pourquoi ?
– D'avoir des pets de Damoclès sur toi... Beurk !

---

Un type à une blonde qui n'a pas encore compris la blague qu'il vient de lui raconter et de lui expliquer une dizaine de fois :
– Tu as le cerveau lent...
– Non, il pourrait pas voler, il n'y a pas assez de vent !

---

Un serveur demande à une cliente blonde :
– Comment avez-vous trouvé votre viande ?
– C'était facile, elle était juste à côté des légumes !

---

Un gars demande à une blonde :
– Je peux avoir ton Insta ?
– Mon nain quoi ?
– Ton Instagram.
– Un gramme de quoi ?

---

# Blagues coquines

Il fait un froid glacial, et un couple en voiture crève un pneu. L'homme descend du véhicule pour changer la roue, mais ses mains gèlent très rapidement et il ne peut plus rien faire. Il rentre alors dans la voiture et sa femme propose qu'il mette ses mains entre ses cuisses afin de les réchauffer. Une fois ses mains réchauffées, l'homme ressort de la voiture et reprend le remplacement de la roue. Mais deux minutes plus tard, ses mains sont encore gelées. Il retourne alors dans la voiture et glisse de nouveau ses doigts frigorifiés entre les cuisses de sa femme. Lorsqu'ils sont réchauffés, l'homme ressort reprendre son travail. À maintes reprises, il est ainsi obligé de revenir dans l'habitacle se réchauffer les mains entre les cuisses de sa femme, jusqu'à ce qu'il parvienne à changer la roue. Alors qu'il s'apprête enfin à redémarrer la voiture, sa femme lui demande :

– Tu n'as pas froid aux oreilles ?

---

**Quel point commun y a-t-il entre le verglas et une chatte ?**
Si tu dérapes, tu l'as dans le cul !

---

Sur les conseils de sa femme, un homme qui souffre de sérieux problèmes d'érection avale une pilule de Viagra. Le cachet ingurgité, les effets ne se font pas attendre et son sexe se dresse comme jamais sa femme n'aurait pu l'espérer ! Très excitée, elle s'empresse de se déshabiller et, alors qu'elle s'approche langoureusement de son mari, constate que le sexe retombe mollement… Son mari lui dit alors :
– Je t'avais prévenu, même droguée, elle te reconnaît !

---

Deux gogo danseuses d'un bar malfamé discutent un peu avant de quitter leur travail :
– Qu'est-ce que tu fais pendant tes pauses, toi ?
– Rien de spécial… Je grille une clope dans ma loge, et toi ?
– Moi, je m'assois dans le sel.
– Tu t'assois dans le sel ?
– Ouais, le patron m'a dit que le sel ça désinfecte et que ça fait boire les clients…

---

# Les répliques de ciné

« Vous faites peine à voir. On dirait un cheval qu'a raté une haie… On vous abattrait, sur un champ de courses ! »
***Le Dîner de cons*** (1998), de Francis Veber avec Thierry Lhermitte, Jacques Villeret, Francis Huster, Daniel Prévost

---

« Si t'as des volontés à exprimer, une prière que t'aimes bien ou bien un mot historique à balancer, magne-toi, ça va péter dans cinq secondes ! »
***Flic ou Voyou*** (1979), de Georges Lautner avec Jean-Paul Belmondo, Michel Galabru, Marie Laforêt, Jean-François Balmer

---

– Est-ce qu'il y a des trompettes, dans votre roman ?
– Ah ! non…
– Est-ce qu'il y a des tambours, dans votre roman ?
– Ah ! non…

– Ah ! ben alors, vous avez qu'à appeler ça « Sans tambours ni trompettes » !
***Domicile conjugal*** (1970), de François Truffaut avec Jean-Pierre Léaud, Claude Jade

---

– Où avez-vous appris à dire autant de conneries ?
– Deux ans de télé.
***Elle boit pas, elle fume pas, elle drague pas, mais... elle cause !*** (1970), de Michel Audiard avec Annie Girardot, Bernard Blier, Mireille Darc

---

– Autrefois, tu n'aurais remarqué personne. Tu m'aimais.
– Oui, mais depuis, je t'ai épousé !
***Elle et Moi*** (1952), de Guy Lefranc avec Dany Robin, François Périer

---

– Est-ce qu'on t'a demandé si t'étais propre sous ta jupe, salope ! Salope !!!
– Crayon, mets des guillemets quand tu parles aux dames !
***Une époque formidable*** (1991), de Gérard Jugnot avec Gérard Jugnot, Richard Bohringer, Ticky Holgado, Victoria Abril

---

# Humour noir

**Quel est le réseau mobile de Jeanne d'Arc ?**
Elle a Free…

---

Une veuve au crématorium, juste avant l'incinération :
– Je vous prie de bien vouloir excuser mon défunt mari pour les odeurs à venir durant sa crémation…
– Madame, soyez rassurée, il ne peut y avoir aucune odeur… lui dit alors un employé.
– Il y en aura, mon mari était un grand diabétique, ça risque de sentir le caramel !

---

**Top 5 des dernières paroles que vous prononcerez peut-être juste avant de mourir :**
5) Vous êtes sûr de vous, docteur ?
4) Recule… Recule… Recule…
3) On peut tous rentrer dans cet ascenseur ?
2) On prend le tire-fesses ou le téléphérique ?
1) Rien à foutre des sens interdits !

---

**Pourquoi Al-Qaïda a-t-il réalisé le fantasme de beaucoup d'hommes ?**
Il s'est fait des jumelles…

---

Un homme se meurt du cancer et annonce à tous ses amis qu'il va mourir du sida.
– Mais enfin, pourquoi racontes-tu à tous tes amis que tu vas mourir du sida ? lui demande sa femme.
– Pour pas qu'ils couchent avec toi après ma mort !

---

**Top 5 des mots que vous n'aimeriez pas entendre à l'hôpital :**
5) Au fait, tu préfères être enterré ou incinéré ? C'est vrai, quoi ! On ne sait jamais…
4) Vous avez préparé un testament ?
3) Souhaitez-vous que l'on appelle un prêtre ?
2) Vous avez une femme ? des enfants ? Je vais les appeler pour qu'ils viennent très rapidement vous rendre visite.
1) Bip-bip… Bip-bip… Bip…. Bip… Tuuuuuuuuuuuuuuu…

---

# Les plus courtes sont les meilleures

Le père Noël se rend chez le psychiatre :
– Docteur, il faut m'aider.
– Quel est votre problème ?
– Je ne crois plus en moi…

———

Lors d'un enterrement, une personne se dirige vers le veuf dont la femme est morte durant leur voyage de noces à Venise, et lui dit :
– Je vous présente toutes mes gondoléances…

———

Une assistante de direction annonce à son patron :
– J'ai deux nouvelles à vous annoncer, monsieur.
– Commencez par la bonne.
– Vous n'êtes pas stérile !

———

J'avais une blague sur Niagara, mais je dois m'en aller…

———

Une maîtresse interroge un élève :
– Que font 20 que tu additionnes à 30, Émile ?
– 1050 ?
– Mais non… 50, Émile !
– 1050 ?

---

À la frontière du Pays basque et du Béarn, une fabrique de sandales et une autre de bérets se font face. À l'entrée de la fabrique de sandales basques, on peut lire, écrit en gros sur un panneau : « Ici, on parle basque ! » Et à l'entrée de la fabrique de bérets béarnais, sur un autre panneau : « Ici, on ne parle pas, on travaille ! »

---

Le président du tribunal demande au voleur :
– Racontez-moi comment vous vous y êtes pris pour ouvrir ce coffre et transporter seul tous ces lingots d'or…
– Inutile que je vous explique, vous n'y arriverez jamais !

---

**Quel est le pluriel de « une jolie » ?**
Des marches (une jolie démarche).

---

# Perles de coiffeurs

***Les préparatifs d'un mariage sont une source de stress et de confusion...***

– Nous devions faire des essais de coiffure pour mon mariage…

– Tout à fait ! Vous désirez un chignon ?

– Ce n'est pas trop sucré ?

***Et puisque l'on parle de pâtisserie :***

– Houla ! Vous êtes sûr que ça me va ?

– Oui, c'est une coiffure de mariée… Elle a beaucoup de volume, ça vous grandit…

– Mouais… Je crains que l'on me confonde avec la pièce montée !

---

***Une coiffure de mariée tout-terrain...***

– Vous pensez que ma coiffure de mariée peut tenir jusqu'au lendemain ?

– Tout dépend de la nuit de noces…

***… cela reste à inventer!***

– Si vous voulez, on peut mettre des fleurs naturelles dans votre coiffure de mariée.

– Je sais pas… Je ne risque pas d'être déflorée à la fin de la soirée?

---

***Il est toujours délicat d'annoncer à un client qu'il a des cheveux blancs. Pourtant, certains le prennent plutôt bien…***

– Vous avez quelques cheveux blancs…

– Blonds ou blancs?

– Blancs.

– Ouf! J'ai eu peur…

***Enfin une vraie blonde!***

– Je vous laisse passer un peignoir.

– Faut prendre une douche?

---

***Il est des salons de coiffure où l'on se sent bien, comme à la maison…***

– Hein? … Aaah!!! Qu'est-ce que…?

– Ne paniquez pas! Vous êtes chez le coiffeur, vous vous étiez endormie…

---

# Devinettes

**Quelle personnalité a retiré ses initiales de la porte de son bureau parce qu'il en avait marre de voir les gens entrer sans frapper ?**
Winston Churchill.

---

**Pourquoi y a-t-il six œufs dans les boîtes ?**
Parce que les poules ne travaillent pas le dimanche.

---

**Pourquoi les végans mangent-ils des animaux dans le coma ?**
Parce que ce sont des légumes.

---

**Quels points communs y a-t-il entre un chat et une imprimante ?**
Ils sont d'humeur instable, doivent toujours être nettoyés et demandent toujours à manger alors que l'on vient de les remplir !

---

**Qu’est-ce que les abeilles aiment se refaire ?**
L’essaim !

---

**Dans la Bible, comment appelle-t-on la pluie qui dure quarante jours ?**
Le déluge.
**Et comment l’appelle-t-on en Bretagne ?**
Le printemps.

---

**Quel produit de notre alimentation risque de disparaître définitivement à cause du changement climatique ?**
La pizza Quatre saisons !

---

**Quelles sont les deux phrases les plus utilisées au monde et qui pourtant n’offrent aucune garantie ?**
« I love you » et « Made in China »…

---

**À qui la réforme des retraites a-t-elle profité ?**
Aux vendeurs de casseroles…

---

# Idées à la con pour redresser la France

**Économie d'énergie**
Il est conseillé à ceux qui ne peuvent plus remplir leur frigo de le débrancher afin de faire des économies d'énergie et de budget.

---

**Environnement et transports**
Offrir une importante prime à la casse des voitures à essence et électriques pour l'achat d'une voiture hybride « nouvelle génération » qui fonctionnerait à voile et à pédales.

---

**Économie d'énergie**
Supprimer les publicités à la télévision afin de pouvoir l'éteindre plus tôt.

---

**Économie des ressources naturelles**
Recyclez l'eau. Conservez par exemple l'eau du bain pour la cuisson des pâtes et des légumes.

---

**Économie d'énergie**
Pour économiser le gaz, il faudra faire bouillir l'eau des pâtes à 50 °C.

---

**Simplification administrative**
La rédaction et l'explication de toutes les lois, règles et règlements seront confiées à Denis Brogniart.

---

**Économie d'énergie**
Les tarifs du gaz ne devant pas cesser d'augmenter, il est recommandé d'anticiper sa crémation.

---

**Éducation**
Les personnes qui feront l'emploi des formules « comme même » ou « bonne état » devront passer une année en CM1.

---

**Écologie**
En période de sécheresse, les personnes chantant faux seront dans l'obligation de chanter pour faire tomber la pluie.

---

# La ronde des métiers

**Cambrioleur**

Un homme est en train de cambrioler un appartement lorsque, soudain, une voix le fait sursauter :

– Attention ! Jésus te regarde…

Le cambrioleur se retourne et braque sa lampe torche en direction de la voix. Il a la surprise de découvrir un perroquet :

– C'est toi, sale piaf, qui parle comme ça ?

– Mon nom c'est pas « Piaf », c'est « Bibi ».

– Bibi… C'est pas un nom pour un perroquet, ça !

– Et tu crois que Jésus, c'est un nom pour un pitbull ?

---

**Tireur d'élite**

Le roi Arthur veut marier sa fille. Pour cela, il organise un grand concours ouvert à tous ses prétendants. Celui qui épousera la fille de roi Arthur devra transpercer de sa flèche une pomme posée sur la tête de la jeune beauté. Le premier prétendant s'approche. Il bande son arc et tire sa flèche, qui transperce la pomme au-dessus de la tête. Il se dirige ensuite vers le roi et se présente :

– *I'm Guillaume Tell !*

Un second prétendant s'avance. Il proclame pouvoir mieux faire que Guillaume Tell. L'homme bande son arc et tire sa flèche, qui fend en deux celle de Guillaume Tell. L'homme se dirige alors vers le roi et dit :

– *I'm Robin des Bois !*

Un troisième prétendant affirme pouvoir faire encore mieux ! L'homme bande son arc et tire sa flèche, qui transperce de part en part la tête de la fille… L'homme se tourne vers le roi et dit :

– *I'm sorry…*

---

**Chef de rayon**

Un homme demande au responsable de rayon d'un supermarché :

– Vous n'auriez pas du papier toilette rose ?

– Désolé, il ne reste que du blanc. Mais c'est exactement le même !

– Peut-être, mais c'est beaucoup plus salissant !

---

**Garagiste**

En Belgique, un homme vient récupérer sa voiture qui était en réparation. Le mécanicien annonce au client :

– Vos freins sont morts. On ne peut pas les réparer, alors je vous ai mis un klaxon plus fort !

---

# Perles des assurances

« Ma voiture et la sienne se sont embrassées l'une dans l'autre. »

---

« Je me suis retrouvé les quatre jambes en l'air. »

---

« Le camion s'est lentement couché sur le flan. »

---

« J'ai percuté l'ail de sécurité. »

---

« La police a dit que je n'avais commis aucun infarctus. »

---

« Le motard a heurté un mouton. Résultat des courses : deux blessés dans le coma. »

---

« L’accident a eu lieu près du port du Havre mais le chauffard a pris le large. »

---

« Les yeux de ma voiture sont tous les deux cassés. »

---

« Votre expert est passé. Tout s’est bien passé. »

---

« Le pompier m’a embrassé et je me suis réveillée. »

---

« Ci-joint mon constat qui dit qu’il a tort et que j’ai entièrement raison. »

---

« L’accident est arrivé sur la route qui n’a pas de nom. »

---

« Impossible de trouver la sortie de ce rond-point. »

---

« J’ai raté le cirage. »

---

# L’abus d’alcool est dangereux pour la santé

**Quel point commun y a-t-il entre le sport et l’alcool ?**
Les deux permettent de se trouver beau nu.

---

Un homme complètement saoul marche tant bien que mal dans la rue. Il avance avec un pied sur le trottoir et l’autre dans le caniveau. Voyant cet homme déambuler ainsi, un type l’interpelle :
– Monsieur ! Avez-vous besoin d’aide pour rentrer chez vous ? Visiblement, vous êtes saoul…
– Ouf ! fait le type. Vous me soulagez, je pensais que je boitais !

---

– Je crois que je suis claustrophobe ! annonce un alcoolique à son médecin.
– Ah ? Vous avez peur des endroits clos ?
– Voilà, c’est ça ! Quand je vais au bistrot, j’ai toujours peur qu’il soit fermé !

---

**Quel point commun y a-t-il entre un poissonnier et un alcoolique ?**
Ils ouvrent les bars et les vident !

---

Dans un bar, un client dépose sur le comptoir un pot de yaourt vide, puis demande au barman :
– Un whisky ! Vous pouvez me le servir dans le pot de yaourt, s'il vous plaît ?
– Oui, si vous voulez… Mais pourquoi ? Vous craignez que mes verres soient sales ?
– Non, pas du tout ! C'est ce que me recommande mon docteur. Il m'a dit que je ferais mieux de remplacer le verre d'alcool par un pot de yaourt…

---

Un homme téléphone aux Alcooliques anonymes :
– Allô, je suis bien aux Alcooliques anonymes ?
– Oui, que puis-je pour vous ?
– Vous aidez les alcooliques, c'est bien ça ?
– Tout à fait.
– Bien. Vous pouvez me donner la recette du mojito, s'il vous plaît ?

---

# Hommes et femmes en blanc

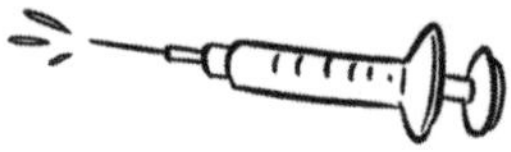

Un patient devant se faire opérer est extrêmement inquiet. Il interroge son chirurgien :
– Est-il vrai que cette opération ne réussit qu'une fois sur cent ?
– Oui, répond le chirurgien. Mais vous n'avez pas à vous inquiéter, les quatre-vingt-dix-neuf personnes précédentes que j'ai opérées sont mortes !

---

**Qu'y a-t-il de pire que d'entendre son docteur vous dire que vous avez une maladie vénérienne ?**
C'est de se l'entendre dire par son dentiste…

---

**Comment appelle-t-on un homme qui a les deux yeux dans le même trou ?**
Un gynécologue !

---

Une femme rentre chez elle après une visite chez son gynécologue. Son mari jaloux lui demande :
– Alors ? Ça va ? Il t'a tripoté les seins ? Ils vont bien ?
– Oui, il paraît que j'ai des seins de jeune fille !
– Ah, oui ? Et il a aussi examiné ton vagin ? Tu es satisfaite ?
– Pleinement ! Tout va parfaitement bien !
– Ah, oui ? Et ton trou du cul ? Qu'est-ce qu'il a dit à propos de ton trou du cul ?
– Désolé, chéri, mais nous n'avons pas parlé de toi…

---

Une femme à son médecin :
– Docteur, je ne sais plus quoi faire… À chaque fois que mon mari a un orgasme, il hurle !
– Il n'y a pas grand-chose à faire, madame. Cela est naturel et vous devriez être contente de lui donner du plaisir ! Où est le problème ?
– Le problème… c'est qu'il me réveille !

---

Une femme entre dans le bureau d'un psychanalyste et dit :
– Docteur, tout le monde m'ignore…
Et le psy :
– Personne suivante !

---

# Mots d'esprit

« Je suis une excellente gardienne de maison. Chaque fois que je divorce, c'est moi qui garde la maison. »

**Zsa Zsa Gabor**

« On croit souvent qu'un appartement est bas de plafond, alors qu'il est tout simplement haut de plancher. »

**Pierre Dac**

« Dieu a enlevé une côte à Adam pour créer Ève et Ève a fait manger la pomme à Adam. C'est fou ça, on ne donne pas à manger à quelqu'un qui vient d'être opéré ! »

**Jean Yanne**

« Je tuerais pour un prix Nobel de la paix ! »

**Steven Wright**

« Tout homme qui se remarie ne mérite pas la chance qu'il a eue de perdre sa première femme. »

**Groucho Marx**

---

« Un ménage cesse d'être un ménage lorsque c'est le chien qui apporte les pantoufles et que c'est la femme qui aboie. »

**Henry Bernstein**

---

« Les hommes ont une vie plus agréable que les femmes. Premièrement, ils se marient plus tard et, deuxièmement, ils meurent plus tôt. »

**H. L. Mencken**

---

« Moi je fais deux régimes en même temps parce qu'avec un seul, je n'avais pas assez à manger. »

**Coluche**

---

« L'homme inventa le vice et la femme le versa. »

**Emmanuel Cocke**

---

# Atroces et bien dégueus

Un enfant entre brusquement dans la chambre de ses parents et demande :
– Maman ! C'est quoi une fellation ?
– Mmmmmh ! Hummmpf ! Mmmmmh ! Hummmmpf !

---

Un médecin sort de la salle d'accouchement, le papa se précipite vers lui…
– Alors ? Comment ça s'est passé ?
– Eh bien… J'ai une bonne et une mauvaise nouvelle à vous annoncer.
– Je vous écoute, docteur. Quelle est la mauvaise ?
– Il est roux.
– Et la bonne ?
– Il est mort.

---

Bill et John, deux cow-boys accoudés au comptoir d'un bar, font un pari idiot dont le perdant doit boire le contenu du crachoir… John perd le pari et s'empare, écœuré, du crachoir où se mêlent chiques, crachats gluants et morves vertes… Son cœur se soulève,

mais un pari est un pari ! Il porte le crachoir jusqu'à ses lèvres, ferme les yeux, et commence à aspirer le contenu du récipient... Gloup ! Gloup ! Bill, qui regarde son copain avaler, est sur le point de vomir...
– Arrête ! Arrête ! C'est bon, ne va pas plus loin !
Mais John continue à engloutir les crachats... Gloup ! Gloup ! Gloup !
– Stop ! Je t'en supplie, c'est ridicule de continuer !
Et John poursuit... Gloup ! Gloup ! Schlump ! Il a maintenant vidé entièrement le contenu du crachoir.
– Mais t'es dingue ou quoi ? Pourquoi tu as tout avalé ? demande Bill à son pote.
John est blême... Il ne sait pas s'il doit vomir et s'évanouir ensuite ou bien l'inverse. Il murmure à Bill :
– J'pouvais pas... m'arrêter... c'était... en un seul morceau !

---

Une jeune fille raconte à sa mère :
– Dans le métro, il y a un homme qui s'est frotté à moi !
– Oh ! Raconte !
– Eh bien, il s'est frotté et j'ai senti qu'il avait le sexe dur ! Il a ensuite glissé sa main sous ma jupe, puis il est passé dans ma petite culotte et...
– Stop ! Ne m'en dis pas plus ! dit la mère. Tu m'excites.

---

# Blagues à papa

**Quel est l'ami du feu ?**
C'est le pot-au-feu…

---

**Thomas Pesquet pourrait-il être condamné pour un crime commis dans l'espace ?**
Non puisque c'est un crime sans gravité…

---

**Quel est le comble du teinturier ?**
C'est de mourir à la tache.

---

**Que faut-il faire pour que les non-voyants puissent regarder la télévision ?**
Monter le son à fond pour que ça braille !

---

**Pourquoi les roux étaient-ils dispensés de tests Covid ?**
Parce qu'il ne faut pas mettre de bâtons dans les roux.

---

**Parmi plusieurs tablettes de chocolat, à quoi reconnaît-on le mâle?**
Aux noisettes!

---

**Quel fut le premier homme à avoir été touché par la grippe du poulet?**
C'est Jean-Claude Van Damme, parce qu'il souffre de la grippe «aware»...

---

**Qu'est-ce qu'une moule pendue au plafond d'une discothèque?**
Une moule à facettes...

---

**Quel est le comble pour un nudiste?**
Se faire dérober sa bourse par un pickpocket!

---

**Qu'est-ce qui est bleu et qui fait «pout-pout»?**
Un pout-pout bleu.

---

**Les habitants du Caire s'appellent les Cairotes. Savez-vous combien ils sont?**
Les Cairotes sont qu'huit!



---

# Toc toc toc

**Toc-toc-toc !**
– Qui est là ?
– Jeffrey…
– Jeffrey qui ?
– Jeffrey les gens pour qu'ils me donnent des bonbons !

---

**Toc-toc-toc !**
– Qui est là ?
– Aldo, Manon, Bob…
– Aldo, Manon, Bob qui ?
– Aldo Manon Bob'o, maman comment tu m'as fait j'suis pas beau, allô Maman bobo, allô Maman bobo…
**Alain Souchon – *Allô maman bobo***

---

**Toc-toc-toc !**
– Qui est là ?
– Annette, Aïcha…
– Annette, Aïcha qui ?

– Annette Aïcha'teau en Espagne, j'achète un château en Espagne, j'achète un monde où tout le monde gagne, à la fin…
**Zazie – *Rue de la Paix***

---

**Toc-toc-toc !**
– Qui est là ?
– Jessica…
– Jessica qui ?
– Jessica'deaux qui m'encombrent les bras… Tu m'ouvres ?

---

**Toc-toc-toc !**
– Qui est là ?
– Thérèse…
– Thérèse qui ?
– Thérèse'ponsable si je reste dehors.

---

**Toc-toc-toc !**
– Qui est là ?
– Al et Vivien…
– Al et Vivien qui ?
– Al et Vivien boire un p'tit coup à la maison, y'a du blanc, y'a du rouge du saucisson…
**Licence IV – *Viens boire un p'tit coup à la maison***

---

# Drôles de couples

– Tu es ma Belle au Bois dormant, confie un homme à sa femme.
– Oh ! ça me touche, tu ne m’avais jamais complimentée sur mon physique ! lui répond-elle.
– Non, c’est parce que tu dors tout le temps !

---

Un type confie à un collègue :
– Ma femme m’a quitté.
– Oh, merde ! Soudainement ?
– Oui, elle m’a juste laissé un mot : « Ça ne fonctionne plus, je te quitte ! »
– Et tu n’as rien vu venir ?
– Rien. Et je ne comprends toujours pas, parce que j’ai bien vérifié, tout fonctionne ! Le lave-linge, le sèche-linge, le lave-vaisselle, le fer à repasser… tout !

---

Après une journée de travail, un homme rentre chez lui. Il allume la télévision, s’affale dans le canapé et demande à sa femme :
– Amène-moi une bière avant que ça commence ! Vite !

Sa femme s'exécute sans mot dire et lui porte une bière. Une demi-heure plus tard le mari commande :
– Chérie ! Amène-moi mon journal ! Et vite, avant que ça commence !
Bien qu'énervée par autant de muflerie, la femme amène le journal à son mari. Ce dernier termine de siffler sa bière, toujours confortablement installé devant la télévision, puis appelle de nouveau sa femme :
– Chérie ! Amène-moi une autre bière ! Vite, ça va bientôt commencer !
C'en est trop pour sa femme…
– Non mais, tu te fous de moi ? T'arrives, tu ne dis même pas bonjour, tu poses ton cul sur le canapé et tu me prends pour ta bonne ? Tu restes là à rien foutre, pendant que, moi, je termine le repassage de « monsieur », et que je fais la cuisine pour « monsieur » ?
Le mari pose alors son journal, ferme les yeux et soupire :
– Pfff… Et voilà, ça commence ! Tu t'énerves…

---

Un couple fête la Saint-Valentin. En sortant du restaurant, la fille dit au garçon :
– Tu sais ce qui m'a fait ultra plaisir, ce soir ?
– Que l'on soit allés au restaurant ?
– Oui, mais surtout que tu aies fait le gros effort de ne même pas consulter ton téléphone !
– J'avais plus de batterie…

---

# Blagues coquines

Melon et Melèche sont sous un chêne.
Melon ramasse une feuille, et Melèche, le gland.

———

Une jeune fille, prostituée de métier, vit encore chez sa grand-mère qui l'a adoptée à la mort de ses parents. La jeune fille a toujours caché à sa grand-mère ses activités… Un jour, la grand-mère croise par hasard sa petite-fille dans la rue alors qu'elle racole sur le trottoir en compagnie d'autres prostituées. La mamie lui demande :

– Que tu fais là, ma petite, avec toutes ces dames ?

Extrêmement gênée et prise au dépourvu, la fille invente une histoire à dormir debout :

– Heu… On attend. Il paraît qu'il va y avoir une distribution d'oranges gratuites !

– Ah, bon ? Alors, j'attends avec vous !

Un court instant plus tard, la police arrive et embarque tout le monde au commissariat. Là, un policier demande à la mamie :

– Franchement, madame… les autres, d'accord, mais vous ! À votre âge ! Comment faites-vous ?
– Oh, j'ai un truc ! lui répond-elle. J'enlève mon dentier, je retire un peu la peau et je les suce à fond !

---

Melon et Melèche achètent des animaux de compagnie. Melon, le chien, et Melèche, la chatte.

---

Un très vieux monsieur vient d'épouser une jeune femme. Lors de la nuit de noces, comme l'homme n'est plus sexuellement très vigoureux, la jeune femme s'est satisfaite d'un énergique jeu de langue du monsieur… Au petit matin, le monsieur se lève pour déjeuner. Quelques instants plus tard, il est rejoint par sa jeune épouse. Celle-ci semble fourbue et marche les jambes écartées. Elle lui dit :
– Bonjour, mon amour ! Quelle nuit ! J'ai tellement mal que je n'arrive plus à m'asseoir !
Et le vieux mari lui répond :
– Cesse de jacasser et rends-moi mon dentier, que je puisse déjeuner !

---

**Comment écrit-on « sodomie » en trois lettres ?**
AÏE !

---

# Devinettes

**Pourquoi y a-t-il des prénoms sur les bols en Bretagne ?**
Pour que les Bretons puissent s'en souvenir…

---

**Quel est l'avantage du changement d'heure ?**
Il permet aux pauvres de connaître le décalage horaire.

---

**En quoi les chaussettes qui disparaissent se réincarnent-elles ?**
En couvercles de Tupperware en trop…

---

**Que se serait-il passé si la CGT avait fait des coupures de courant en 1978 ?**
Claude François serait toujours vivant !

---

**Pourquoi les radars qui cherchent une forme de vie intelligente sont-ils pointés vers l'espace ?**
Parce qu'ils n'en ont pas trouvé sur Terre…

---

**Quel point commun y a-t-il entre la méchanceté et les réseaux sociaux ?**
C'est gratuit…

---

**Quelles sont les deux sortes d'OVNI qui existent ?**
L'OVNI *tender*, l'OVNI *true*…

---

**Quel risque y a-t-il à retoucher ses photos ?**
De ne pas pouvoir être retrouvé lors d'un avis de recherche !

---

**Pourquoi est-il préférable de se fâcher avec les gens en fin d'année ?**
Pour ne pas avoir à faire de cadeaux de Noël !

---

**Peut-on faire confiance à un ostéopathe ?**
Non, puisqu'il vous manipule !

---

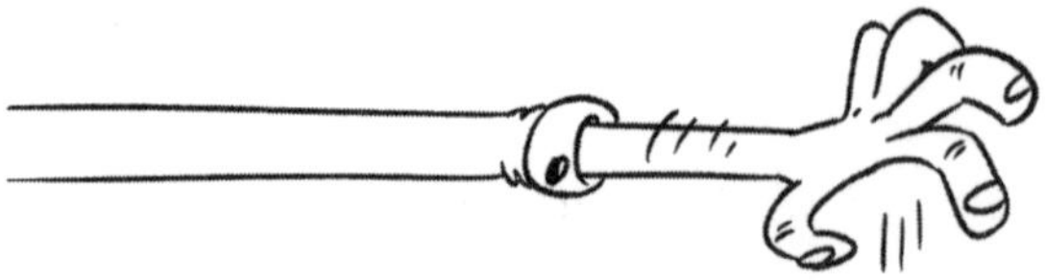

# Comment emmerder le monde

La fête de la Musique, c'est le jour idéal pour faire du tapage nocturne ! Peu importe que vous ne soyez pas musicien, casseroles et ustensiles de cuisine suffiront à faire sursauter vos voisins sur vos rythmes endiablés !

---

Et si, pour la fête des Mères, vous décidiez de ne pas faire de cadeau ? Idem pour la fête des Pères, histoire de ne pas faire de jaloux.

---

Dans une bibliothèque où règne un silence absolu, des petits reniflements incessants à intervalles réguliers devraient suffire à troubler la quiétude morbide du lieu.

---

Des touristes vous demandent de bien vouloir les prendre en photo ? Quelle aubaine ! Leur smartphone en main, profitez-en pour supprimer les dernières photos prises et photographiez-les en ne cadrant pas leurs têtes. On vous demande de doubler la photo ? Parfait. Faites un selfie !

---

Penchez-vous au-dessus du landau d'un nouveau-né et écriez-vous : « Ouch ! Qu'il est laid ! »

---

Quand vous recevez, vous adorez être original et inventer de nouveaux concepts. Que diriez-vous de présenter un bol de marinade à côté de poissons crus non vidés, non écaillés, pour que chacun puisse se préparer son carpaccio de poisson ?

---

Vous vous ennuyez ? Faites un tour au supermarché et amusez-vous à remplir les caddies des clients dès qu'ils ont le dos tourné. Un article par caddie suffira à provoquer un affolement général lors des passages en caisses.

---

Lorsqu'une personne vous demande son chemin, la règle d'or est de lui conseiller de prendre la première à droite, puis la deuxième et troisième à droite. Elle devrait ainsi revenir à son point de départ.

---

# Trop blondes

Un homme demande à sa secrétaire blonde :
– S'il vous plaît, vous pouvez aller me chercher une feuille A3 ?
– D'accord.
Une minute plus tard, alors que la blonde n'a toujours pas bougé…
– Qu'attendez-vous ?
– Ben… que vous comptiez jusqu'à trois !

———

Une blonde à une copine :
– Ça craint, demain faut que je passe un examen d'urine !
– C'est pas grave.
– Mais j'ai rien révisé du tout !

———

Un couple se prépare à pique-niquer au bord de l'eau.
– Tu as pris ton maillot ? demande un homme à sa blonde.
– Non, un jambon-beurre.

———

Après avoir fait l'amour avec une blonde, le gars dit à la fille :
– Alors ? Comment va, mon cœur ?
– Bah... J'suis pas cardiologue, moi !

———

– Je me sens pas bien... dit une blonde à sa pote.
– Mince, qu'est-ce que tu as ?
– Je crois que c'est la clavicule...
– Tu es tombée dessus ?
– De quoi ? Je te dis qu'il fait trop chaud, je ne supporte pas quand c'est la clavicule !

———

– Que fais-tu ? demande une blonde à une copine.
– Je joue sur mes applis mobiles...
– Ah ? Moi, y a longtemps que je joue plus avec mes Playmobil...

———

– Tu vois toujours ton mec ? demande une fille à une copine blonde.
– Non, on ne s'est pas vus depuis belle levrette !

———

# Dieu & Co.

Jésus vient d'être crucifié. Il aperçoit Jean dans la foule et l'appelle :

– Jean ! Jean !

Jean le bien-aimé essaye de se frayer un chemin jusqu'à Jésus, mais les Romains le repoussent violemment. Jésus insiste :

– Oh ! Jean… Viens, Jean !

Jean tente à nouveau de forcer le passage et les Romains se jettent sur lui pour le rouer de coups. Jésus voit toute la scène et appelle Jean une nouvelle fois :

– Jean ! Viens, il faut que je te dise quelque chose, Jean !

Jean se relève péniblement. Les Romains se ruent encore sur lui et le bastonnent. Finalement, c'est quand il est à demi-mort, le corps tuméfié et le visage ensanglanté que les Romains laissent Jean ramper jusqu'aux pieds de Jésus.

– Oui… Jé-Jésus, que… que veux-tu me… me dire ?

– Jean, je voulais te dire : d'ici, on voit super bien ta maison !

**Pourquoi Jésus ne peut-il pas mettre de suppositoire ?**
Parce que les voies du Seigneur sont impénétrables !

---

**Membres actifs du clergé :**
Le père Spective a la plus belle vue.
Le père Iphérique tourne en rond.
Le père Sienne fait de l'ombre aux autres.
Le père Vers est un sadique.
Le père Ruvien vient d'Amérique du Sud.
Le père Spicace est subtil.
Le père Turbateur dissipe la classe.

---

Un père juif interroge son fils :
– Sais-tu qui était Moïse ?
– Oui, papa ! Un imbécile !
– Mais pourquoi dis-tu cela ?
– Parce que lorsqu'il a traversé la mer Rouge, il a tourné à gauche alors que s'il était allé à droite, on aurait eu tout le pétrole !

---

**Comment les religieuses se reproduisent-elles ?**
En couvent !

---

# Les répliques de ciné

– J'ai toujours entendu dire du mal des belles-mères, il doit bien y en avoir des chouettes ?
– Peut-être… Celles qui voyagent beaucoup, très loin. Certaines exploratrices…
***Est-ce bien raisonnable*** (1981), de Georges Lautner avec Gérard Lanvin, Miou-Miou, Michel Galabru

---

– Bon ben… à la vôtre, hein !
– Santé.
– Merci, hein…
– Puis, bonne chance surtout…
– Ah ? Le bouchon a sauté…
***Les bronzés font du ski*** (1979), de Patrice Leconte avec Michel Blanc, Marie-Anne Chazel, Christian Clavier, Thierry Lhermitte, Gérard Jugnot, Josiane Balasko

---

« Une fille qui fait 95 de tour de poitrine et 32 de tour de tête ne peut pas vraiment être mauvaise. Elle peut seulement être légèrement sotte. »
***Faut pas prendre les enfants du bon Dieu pour des canards sauvages*** (1968), de Michel Audiard avec Françoise Rosay, Bernard Blier, Marlène Jobert

---

– Dites, ça doit prendre longtemps pour raser ces jambes-là !
– Je suppose que c'est un compliment ?
***Le Flic de Beverly Hills 2*** (1987), de Tony Scott avec Eddie Murphy, Judge Reinhold, Jürgen Prochnow

---

– Si la pluie continue, les fraisiers seront en retard.
– Mais les grenouilles seront en avance…
***Les Barbouzes*** (1964), de Georges Lautner avec Lino Ventura, Bernard Blier, Francis Blanche

---

« Le tortichier est mort… Ça n'est point luminé. C'est de la merdasse ! »
***Les Visiteurs*** (1993), de Jean-Marie Poiré avec Jean Reno, Christian Clavier, Valérie Lemercier, Marie-Anne Chazel, Isabelle Nanty

---

# Les plus courtes sont les meilleures

Un homme sonne chez son voisin de palier et se plaint :
– Monsieur ! Vous savez que votre chien aboie toute la nuit ?
– Oui, merci. Mais ce n'est pas grave, il dort la journée…

---

Un type à une fille :
– Toi, tu n'as pas dû beaucoup souffrir ?
– Pourquoi dis-tu cela ?
– Parce qu'il faut souffrir pour être belle !

---

Dans une école de cannibales, un enfant reste toujours à l'écart pendant que les autres s'amusent. La maîtresse lui demande :
– Tu ne vas pas jouer avec les autres ?
– Non… Mes parents m'ont dit qu'il ne fallait pas jouer avec la nourriture.

---

Une femme croise une amie dans la rue…
– Waouh ! T'es hyper bronzée ! Tu reviens d'où ?
– De chez Sephora…

---

Une femme arrive au travail avec un nouveau manteau de fourrure. Sa patronne, jalouse, lui fait une remarque désagréable :
– Vous n'avez pas honte qu'un animal innocent paye pour vos caprices ?
Et l'employée lui répond :
– Depuis quand défendez-vous votre mari ?

---

Deux femmes parlent de leurs relations amoureuses.
– Qu'est-ce que tu préfères dans les préliminaires, toi ?
– Le restaurant !

---

Un type entre dans un bar avec un crocodile en laisse.
Il demande au barman :
– Vous servez les Français ?
– Mais bien entendu, monsieur !
– Alors une bière et… un Français !

---

# Les dragueurs

Un type remarque une fille qui semble triste et se dit qu'il y a peut-être moyen de la consoler.
– Salut, désolé de te déranger… Tu pleures ?
– Non…
– Ah ! Qu'est-ce que tu as, alors ?
– Je fais une réaction allergique à ta gueule !

---

Un type aborde une fille…
– Vous faites quoi ? lui demande-t-elle.
– Je suis psy.
– Chiatre ou chologue ?
– Chopathe…

---

– J'aimerais bien sortir avec toi… avoue un garçon à une fille.
– Physiquement, t'es pas du tout mon genre.
– Oui, mais j'ai un grand cœur !
– J'ai pas besoin d'une greffe !

---

Un gars accoste une fille dans la rue et lui lance :
– Eh, salut beauté ! Tu baises ?
La fille se retourne, lui flanque son poing dans la figure, lui attrape la tête et lui met un coup de boule qui lui éclate le nez. Le gars tombe au sol, il a le visage en sang. La fille lui donne alors un grand coup de pied dans les testicules et un autre qui lui pète toutes les dents. Le gars est sonné et peine à se relever. Une fois debout, il demande à la fille :
– Ve fuppove que tu veux pas me fufer non plus ?

---

Un homme aborde une femme et lui dit :
– Je vous trouve très jolie.
– Je ne peux pas en dire autant de vous ! lui répond-elle.
– C'est pourtant facile ! Faites comme moi : mentez !

---

Dans une discothèque, un gars accoste une fille :
– Je t'offre un verre. Qu'est-ce que tu prends ?
– De la distance !

---

Un homme se déshabille devant sa conquête d'un soir, mais à la vue de son pénis, cette dernière éclate de rire :
– Ah ! Ah ! Ah ! Ton sexe a la taille d'un Tic-Tac !
– Eh bien comme ça, tu auras l'haleine fraîche !

---

# Perles des assurances

« Je me suis pris un nid d'âne. »

---

« Mon clignotant ne marchant pas, j'ai tendu le bras par la vitre pour dire au cycliste que je tournais. C'est alors qu'il est rentré dans mon bras. Mais ce n'était pas mon bras, c'était mon clignotant ! »

---

« Ma voiture a voulu faire demi-tour. »

---

« J'étais énervé et j'ai donné des coups de pied dans sa portière en lui disant que de toute façon, j'étais assuré par vous. »

---

« Rassurez-moi… Vous assurez ? »

---

« Comme je roulais en sens interdit, c'est normal que je roule en marche arrière, non ? »

———

« Nous avons tous les deux fait un 69 dans tous les sens. »

———

« Je me suis pris une grosse vache sur le capot. »

———

« J'ai fait un tête-à-queue, c'est-à-dire que je me suis retrouvé la tête en bas et la queue en haut. »

———

« À ma décharge, la ligne droite ne l'était pas tant que ça. »

———

« La voiture devant moi tortillait des fesses, ça m'a énervé. »

———

« Que feriez-vous sans les conducteurs comme moi ? Vous devriez me remercier sinon vous n'auriez pas de travail ! »

———

# Devinettes

**Pourquoi Chronopost fait-il disparaître les gens ?**
Parce que l'on est à la fois présent à la maison lorsqu'ils passent et absent sur l'avis de passage…

**Si l'on coupe un gâteau en trois parts égales de 33 % et que l'on multiplie ensuite 33 % par 3, on obtient 99 % du gâteau. Où est donc passé 1 % du gâteau ?**
Sur la lame du couteau.

**Que deviennent les mots refusés au Scrabble ?**
Aya Nakamura en fait des chansons !

**Pourquoi les végétariens sont-ils des criminels ?**
Ils mangent les plantes qui produisent de l'oxygène !

**Que faut-il faire lorsqu'on voit des toilettes dans son rêve ?**
Ne surtout pas les utiliser !

---

**Qu'y a-t-il de pire que d'approcher de la quarantaine ?**
C'est de la voir s'éloigner…

---

**Quel est l'endroit où l'on peut trouver à la fois de l'argent, de l'amour et du travail ?**
Dans l'horoscope.

---

**Que faire pour s'apaiser quand on n'a pas de chat ?**
Se caresser les poils des jambes…

---

**Quelles sont les trois choses qui font grossir ?**
Le miroir, la balance et les photos !

---

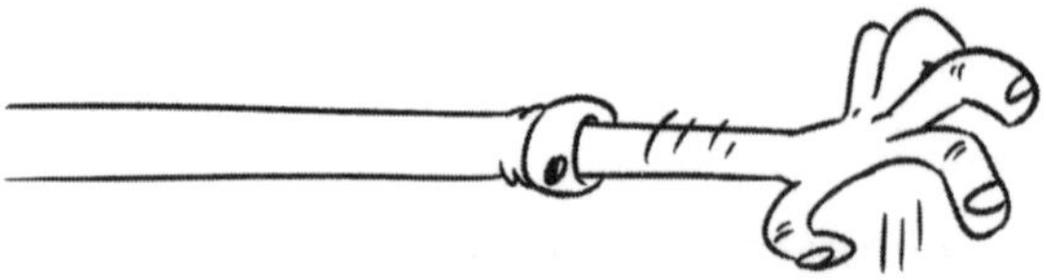

# Comment emmerder le monde

Qu'il est agréable de flâner le long des rivières ! De jeter des petits cailloux dans l'eau… et surtout des gros à côté de ceux qui pêchent !

---

Lorsqu'un artisan travaille chez vous, restez planté derrière lui à surveiller ce qu'il fait. N'hésitez pas non plus à lui donner quelques conseils.

---

Vous faites partie de ceux qui, lors d'un mariage ou d'un baptême, se glissent dans la salle de réception pour repérer où ils sont placés ? Profitez-en pour modifier les plans de table en permutant tous les cartons !

---

Dans les transports en commun ou les lieux publics, il est extrêmement pénible de devoir supporter la conversation téléphonique d'une personne. D'autant plus que l'on n'entend que la moitié de la discussion ! C'est pourquoi, respectueux des autres que vous êtes, vous mettrez désormais votre téléphone sur haut-parleur.

---

Sur les sites touristiques, incrustez-vous en arrière-plan des photos que prennent les gens. Faites une grimace, un doigt d'honneur…

---

Pour entretenir votre forme, faites un petit footing le long de la plage. Votre objectif : écraser le maximum de châteaux de sable !

---

Lorsque vous êtes invité et après avoir goûté au plat principal, réclamez de la maîtresse de maison du sel, du poivre, de la moutarde, de la mayonnaise et du ketchup.

---

Si un voisin commet l'imprudence de vous demander de bien vouloir, en son absence, relever son courrier, bien évidemment vous acceptez car vous en profiterez pour jeter ses factures. Et cela ne vous privera même pas d'un petit cadeau de remerciement à son retour !

---

# L'abus d'alcool est dangereux pour la santé

**Quelle différence y a-t-il entre un alcoolique et un non-croyant ?**
L'alcoolique perd son foie avec la tequila, et la perte de la foi, ce n'est pas l'athée qui l'a…

---

– Moi, quand je bois, je deviens triste, dit une femme à sa collègue de bureau.
– Moi, quand je bois, je deviens Céline Dion…

---

**Pourquoi le vin rend-il plus fort que le lait ?**
Quand on boit un litre de lait, on ne peut pas déplacer un mur. Alors que quand on boit un litre de vin, le mur bouge tout seul !

---

Un type rejoint un gars au comptoir d'un bar…
– Tiens ? s'étonne-t-il, tu m'avais dit que tu viendrais avec deux potes ?
– Qui ça ?

– Kronan et Heine.
– Non, ils n'ont pas pu venir, leurs femmes leur ont demandé de rester à la maison.
– Ah ! Et pour quoi faire ?
– Kronan bourre et Heine ken.

---

**Quel risque y a-t-il à arrêter de boire ?**
Découvrir que les personnes qui nous entourent sont connes et moches…

---

– Alors ? Que t'a dit le docteur ? demande une femme à son mari.
– C'est la pression…
– Oh ! tu dois te reposer, mon amour ?
– Non, arrêter la bière…

---

Au comptoir d'un bar, un type dit à son voisin :
– Plus jamais je ne boirai à la maison !
– Ta femme ne veut pas ?
Elle veut bien, mais c'est trop risqué ! L'autre jour, j'ai failli lui demander son numéro de téléphone…

---

# Les questions connes

Un micro-ondes permet de réchauffer les plats ou est-ce une machine à remonter le temps dans laquelle les plats retrouvent leur chaleur passée ?

Puisque les carottes sont orange, pourquoi les oranges ne sont-elles pas carotte ?

Pourquoi sur des produits sur lesquels il est indiqué « À l'ancienne » trouve-t-on aussi parfois écrit « Nouvelle recette » ?

Ne pas mélanger le noir avec le blanc quand on fait sa lessive, c'est raciste, non ?

Puisque la France est le pays des Lumières, comment pouvons-nous subir une crise énergétique ?

Au concours de Miss Univers, pourquoi est-ce toujours une Terrienne qui gagne ?

———

Dans les banques, pourquoi attachent-ils les stylos ? Ils ont peur de se les faire braquer ?

———

Quand tu mets les bouchées doubles, faut-il ouvrir une autre boucherie ?

———

Les docteurs et les pharmaciens de garde, ils gardent quoi ?

———

Pourquoi un Paris-Brest coûte-t-il plus cher à la SNCF qu'à la boulangerie ?

———

Si on supprime le papier pour le tout digital, que fera-t-on aux toilettes ?

———

Pourquoi aller chercher de l'eau sur Mars ? Il y en a à Intermarché…

———

# Parents épuisés

Un couple se dispute, la femme reproche à son mari de ne pas s'impliquer dans l'éducation de leur fille.
– Comment ça, je ne m'occupe jamais d'elle ? s'offusque le mari. Tiens, justement, j'avais l'intention d'aller la chercher à l'école !
– Eh bien, vas-y !
Trente minutes plus tard, le mari rentre seul. À peine rentré, il demande à sa femme :
– Elle est là ? Elle est rentrée toute seule ?
– Non, pourquoi ?
– Je l'ai attendue à la sortie de l'école, je ne l'ai pas trouvée. Je n'ai pas dû la voir passer…
– Tu as demandé à la maîtresse ?
– Bien sûr, je ne suis pas bête ! Elle m'a fusillé du regard et elle a tourné les talons. Quelle conne !
– Ah ! Ah ! Ah !
– Ça te fait rire ? Tu me reproches de ne pas m'occuper d'elle et tu ne t'inquiètes même pas de savoir où elle est ?
– Ta fille… ça fait maintenant deux ans qu'elle est à la fac !

**Que faire quand on a mal à la tête?**
Ce qui est conseillé sur la boîte de paracétamol: se «tenir hors de la portée des enfants»!

---

**Qu'est-ce que des «bruits qui courent»?**
Des enfants qui jouent!

---

Le fils d'un cyclope questionne son père:
– Dis, papa! Pourquoi on n'a qu'un œil?
– Parce que c'est comme ça!
– Allez, papa... Pourquoi on n'a qu'un œil?
– J'sais pas! Ça te va, comme réponse?
– Non! Dis-moi pourquoi on n'a qu'un œil?
– Tu m'énerves, je t'ai dit que je ne savais pas!
– S'il te plaît, papa... Pourquoi on a qu'un œil?
– Oh! Stop! Tu me casses la couille!

---

Lors d'une réunion de famille, une femme annonce sa grossesse à ses proches. Tout le monde se lève pour la féliciter et lui caresser le ventre. Excédé, le mari dit soudain:
– Et moi, personne ne me félicite en me caressant les couilles?

---

# Ani'mots

Les deux petits singes d'un zoo se réveillent...
– Salut ! T'as l'air fatigué ? demande le premier.
– Oui ! Je suis crevé ! lui répond le second. J'ai fait l'amour toute la nuit !
– Et quelle est l'heureuse élue qui t'a épuisé de la sorte ?
– La girafe ! Toute la nuit c'était : « Embrasse-moi sur la bouche ! Fais-moi un cunnilingus ! Embrasse-moi sur la bouche ! Fais-moi un cunnilingus ! Embrasse-moi sur la bouche... »

---

Un singe passe près d'une rivière et aperçoit un lion en train de laper l'eau. Le lion est baissé et très occupé à boire. Le singe, pris d'un désir irrésistible et soudain d'assouvir un besoin sexuel, se précipite pour prendre le lion par-derrière ! Il s'enfuit ensuite en courant avant que le lion n'ait le temps de réagir. Quelques heures plus tard, le lion est à la recherche de celui qui l'a humilié... Le singe voit le lion arriver et s'empare

d'un journal pour se cacher derrière. Le lion s'approche de lui et demande :
– Hé ! Le singe ! T'aurais pas vu un de tes copains s'enfuir ?
– Lequel ? répond le singe sans retirer le journal de devant sa tête. Celui qui a sodomisé un lion ?
– Pourquoi ? dit le lion, c'est déjà dans le journal ?

---

Un bègue entre dans une animalerie et observe les perroquets.
– Bonjourrrrr ! lui dit un perroquet.
– B… B… Bon… Bon…
Un vendeur intervient :
– Vous aimeriez acheter un perroquet ?
– Je vou… vou… Je vou… vou… drrrrais un… un… pé… pé… un pé… un pépé… Un pépé… Ahhh ! ! ! Je vou… vou… je vou… vou… drrrrais un… un… pé… pé… un pé… un pépé…
Mais le vendeur l'interrompt :
– Sortez de ce magasin ! Si vous restez, vous aller gâcher la marchandise !

---

# Mots d'esprit

« Ève s'emmerdait au paradis, elle ne pouvait même pas fouiller dans les poches de son mari. »

**Jean Yanne**

---

« Aucun homme ne devrait se marier avant d'avoir étudié l'anatomie et disséqué au moins une femme. »

**Honoré de Balzac**

---

« Comme de toute façon je finirai ma vie dans un trou, autant qu'il y ait du poil autour. »

**Frédéric Dard**

---

« Avec les femmes, il faudrait que les paroles soient d'autant plus respectueuses que les gestes le deviennent de moins en moins. »

**Tristan Bernard**

---

« J'ai l'intention de vivre éternellement. Jusqu'à présent, tout va bien. »

**Steven Wright**

---

« La bonne santé n'est que la plus lente des façons de mourir. »

**Coluche**

---

« L'homme de qualité se détourne de la femme comme le gastronome répugne aux viandes molles. »

**Stephen Hecquet**

---

« C'est quand on serre une femme de trop près qu'elle trouve qu'on va trop loin. »

**Alphonse Allais**

---

« Connaissant les hommes, je donne toujours raison aux femmes. »

**José Cabanis**

---

# Humour noir

**Quel point commun y a-t-il entre un handicapé en fauteuil et un drogué ?**
Ça roule…

---

Un couple a un grave accident de voiture. La femme se réveille au service de réanimation de l'hôpital :
– Où suis-je ? demande-t-elle au docteur qui est à ses côtés.
– Vous êtes à l'hôpital, vous avez eu un terrible accident…
– Mon mari ! s'écrit-elle soudain. Où est-il ? Comment va-t-il ?
– Concernant votre mari, j'ai une bonne et une mauvaise nouvelle… La mauvaise nouvelle, c'est que nous avons été contraints de l'amputer des deux jambes.
– C'est horrible ! Quelle est la bonne nouvelle ?
– La bonne nouvelle, c'est que je plaisantais et qu'il est mort sur le coup, il n'a pas souffert !

---

**Que dit Éric Zemmour quand il n'y a plus d'encre dans son imprimante couleur ?**
« Et voilà, encore la noire ! »

---

Un policier raconte à un collègue :
– Ma femme a voulu me quitter !
– Pourquoi ?
– Elle a dit qu'entre nous, il n'y avait plus d'étincelles !
– Et t'as fait quoi ?
– Je l'ai tasée…

---

**Qui déteste le plus au monde les lendemains de cuite ?**
Jeanne d'Arc…

---

**Top 5 des dernières paroles que vous entendrez peut-être juste avant de passer l'arme à gauche :**
5) Acceptez-vous, dans l'éventualité, de faire un don d'organe ?
4) Veuillez éteindre votre cigarette, s'il vous plaît.
3) Y a rien. Vas-y, passe.
2) Il n'y a absolument aucun risque.
1) Dis bonjour à Monsieur Dutroux !

---

# Les hommes les femmes

Une femme à son homme :
– Tu veux bien t'occuper du clitoris ?
– Pffff… Et je trouve ça où ?

---

**Dans quel lieu les hommes sont-ils le plus romantiques ?**
Dans les galeries marchandes, ils tiennent la main de leurs femmes pour ne pas qu'elles fassent de shopping…

---

**Quelle est la volaille la plus méchante ?**
Le mâle faisan…

---

Les hommes sont comme l'horoscope**…**
Ils pensent tout savoir, mais se trompent tout le temps.

---

Une femme interroge une amie :
– Comment se fait-il que tu n'aies toujours pas de mari ?
– Pas besoin, j'ai déjà un chien, un perroquet et un chat !
– Oui mais quand même, ça ne remplace pas un mari !
– Oh si ! Le chien grogne en permanence, le perroquet raconte des bêtises et le chat passe ses nuits dehors…

---

**Qui est le seul capable d'avoir le dernier mot avec une femme ?**
L'écho !

---

**Quelle différence y a-t-il entre Ève et les femmes aujourd'hui ?**
Ève s'est laissée tenter par une pomme, aujourd'hui il faudrait une pizza, un verre de rosé et des profiteroles !

---

**Qu'est-ce que le mariage ?**
C'est l'adoption d'un grand garçon qui ne peut plus être pris en charge par ses parents…

---

# Monsieur et Madame...

Monsieur et Madame **Grattelaicouille** ont une fille et trois fils. Comment les appellent-ils ?
Jean, Phil, Thérèse et Sam. (J'enfile Thérèse et ça me gratte les couilles.)

---

Monsieur et Madame **Hairopartis** ont un fils. Comment l'appellent-ils ?
Jade. (J'adhère aux partis.)

---

Monsieur et Madame **Haissedéplume** ont un fils. Comment l'appellent-ils ?
Gilles. (J'y laisse des plumes.)

---

Monsieur et Madame **Groidan-Macave** ont un fils. Comment l'appellent-ils ?
Gédéon. (J'ai des Hongrois dans ma cave.)

---

Monsieur et Madame **Hansieu** ont une fille.
Comment l'appellent-ils ?
Cécile. (C'est silencieux.)

---

Monsieur et Madame **Ibaralair** ont deux filles.
Comment les appellent-ils ?
Ella, Mylène. (Elle a mis les nibards à l'air.)

---

Monsieur et Madame **Ku** ont un fils.
Comment l'appellent-ils ?
Paulo. (Poil au cul.)

---

Monsieur et Madame **Kuaslevé** ont un fils.
Comment l'appellent-ils ?
Edmond. (Aide mon cul à se lever.)

---

Monsieur et Madame **Maimailababal** ont une fille.
Comment l'appellent-ils ?
Donna. (Donne à mémé la ba-balle !)

---

# Drôles de couples

Un homme accusé d'avoir balancé sa compagne du haut d'une falaise est interrogé :

– Expliquez-nous les faits ! lui demande le gendarme.

– Ma compagne est portugaise…

– Et alors ?

– Elle m'a fait venir en haut de cette falaise et puis elle m'a dit : « J'ai oune démande à te faire : tou veux m'épousser ? »

---

Un mari annonce à sa femme :

– J'ai un truc à t'avouer… Hier soir, je suis allé dans un bordel.

– Oh ! mais non, j'y crois pas ! s'écrie la femme, offusquée.

– Et ce n'est pas tout, j'ai payé avec ta carte bleue !

– T'es vraiment un minable…

– Par contre, grâce à ta carte bleue, j'ai eu une réduction… Cela a activé la remise pour les employées !

---

Un couple fête la Saint-Valentin avec une bonne bouteille de vin qui accompagne un petit repas en amoureux.
– Très belle robe ! dit l'homme.
– Merci… lui répond la femme, touchée.
– Je parlais du vin !

---

– Mais pourquoi tu traînes avec ce mec ? Il est lourd ! demande une fille à une pote.
– Parce qu'il me gonfle et que ça me donne de l'espoir pour mes seins…

---

– Tu me trouves belle ? demande une fille à son petit copain.
– Aussi belle que toutes les étoiles que tu peux voir dans le ciel !
– Il fait jour…
– Exact.

---

Un homme avachi dans le canapé devant un film de *James Bond* déclare à sa femme :
– Moi aussi, j'aurais bien aimé être un agent secret !
– Oui, je t'imagine très bien en espion : l'agent double menton !

---

# Les copains, les copines

Un type à un ami :
– Le téléphone que je viens d'acheter, c'est une merde !
– Allez, sois positif !
– C'est une belle merde !

---

– Pff, souffle une femme, bientôt l'été et je n'ai toujours pas commencé de régime !
– Moi, cet hiver, j'avais calculé que je devrais perdre 4 kg avant l'été, lui répond son amie.
– Et il t'en reste combien à perdre ?
– 9.

---

Une femme à son amie :
– Tu viens à la soirée, ce soir ?
– Oui, je serai là.
– Tu sais comment il faut s'habiller ?
– Oui, il faut mettre ses habits du dimanche…
– Alors tu crois que je peux venir en pyjama ?

---

– Tu n'aurais pas grossi ? dit une femme à une amie.
– Si, c'est à cause de la magie, lui répond-elle.
– Tu fais de la magie, toi ? Et tu fais disparaître quoi ?
– Le chocolat…

---

Un vieux garçon très moche et qui n'a jamais eu d'aventure avec une femme se confie à un ami :
– Je vais avoir 40 ans, toujours puceau… Mais que faut-il que je fasse pour ne pas mourir puceau ?
– Devenir immortel, peut-être…

---

Un homme à un pote qui ne pense qu'à bouffer :
– Pour perdre du poids, tu devrais faire du sport.
– Faire du porc ?

---

Deux copains d'école se retrouvent après s'être perdus de vue pendant des années :
– Alors, que deviens-tu ? Je me souviens que tu disais toujours qu'un jour tu aurais de l'argent plein les mains…
– Eh bien… J'ai réalisé mon rêve !
– Génial ! Tu fais quoi ?
– Je travaille au supermarché, je suis caissier.

---

# La ronde des métiers

**Épicier**

Une femme demande à son épicier :

– Je voudrais un kilo de pêches, s'il vous plaît.

– Oui. Jaunes ou blanches ?

– Des jaunes. Elles sont françaises ou espagnoles, vos pêches ?

– Ben pourquoi ? C'est pour manger ou pour discuter ?

---

**Golfeur**

Un golfeur sort une balle de son sac et dit à son compagnon de jeu :

– Tu vois cette balle ? Il n'en existe qu'une comme celle-là. Il est impossible de la perdre !

– Impossible de la perdre ?

– Oui. Elle est équipée d'un système radio qui émet un bip. Où qu'elle soit, on peut la retrouver grâce au « bip-bip » qu'elle fait.

– Incroyable !

– Eh oui… De plus, si elle tombe dans l'eau, dans un premier temps elle va flotter. Ensuite, un petit moteur va sortir et la ramener jusqu'à la rive !

– C'est dingue ! Où as-tu eu cette balle ?
– Je l'ai trouvée…

---

**Brocanteur**

De très bonne heure, un brocanteur arpente les allées de la grande braderie de Lille à la recherche de la bonne affaire. Soudain, il remarque un stand au pied duquel un petit chat boit dans un authentique bol de l'époque Ming ! Il s'adresse à la personne qui tient le stand…
– C'est votre chat ?
– Oui…
– Il est très mignon ! Vous ne voudriez pas me le vendre ?
– Non…
– Je vous en donne 50 euros !
– Mes enfants y tiennent beaucoup, alors…
– Je vous propose 100 euros !
– Aller, c'est d'accord.
Le brocanteur et le vendeur concluent l'affaire. Tout en prenant le chat, le brocanteur demande au vendeur :
– Je peux prendre son bol avec lui ? Je suppose qu'il a l'habitude de boire dedans…
– Ah non ! fait le vendeur. Ce bol est de l'époque Ming et il m'a déjà permis de vendre trois chatons en une heure !

---

# On ne dit pas

On ne dit pas : « Tu avales les bobards », mais on dit : « Tu manges des gros poissons. »

---

On ne dit pas « sexe débridé », mais on dit : « mœurs asiatiques ».

---

On ne dit pas « un pain d'épices », mais on dit : « l'arbre contre lequel tout le monde urine ».

---

On ne dit pas « apporter sa pierre à l'édifice », mais on dit : « amener un caillou à l'enfant de Mitchell ».

---

On ne dit pas « J'entre dans la salle », mais on dit : « Je pénètre un député béarnais. »

---

On ne dit pas « Elle fait de la physique nucléaire », mais on dit : « Cette fille est une vraie bombe ! »

---

On ne dit pas « adéquation », mais on dit : « Y a-t-il des questions ? »

---

On ne dit pas « Ça me démange », mais on dit : « Je vais vomir. »

---

On ne dit pas « dégâts des eaux », mais on dit : « des égoutiers ».

---

On ne dit pas « entériner », mais on dit : « foutre la pâtée ».

---

On ne dit pas « faire des vendanges », mais on dit : « péter comme un dieu ».

---

On ne dit pas « faux départ », mais on dit : « Coupe le gâteau ! »

---

# Trop blondes

– Je suis fauchée ! annonce une blonde à une copine.
– Ben pourquoi ?
– J'ai oublié d'éteindre Google Home pendant que je faisais l'amour, je vais recevoir 354 livres de *Oui-Oui* !

---

Un responsable du recrutement reçoit une blonde à un entretien d'embauche.
– Bonjour, Madame.
– Bonjour, tu peux m'appeler par mon prénom.
– Non. Et vouvoyez-moi !
– Bah oui, j'suis pas aveugle, je vous vois !

---

Une blonde prend une leçon de conduite. Le moniteur demande à la conductrice de mettre ses mains à 10 h 10, mais elle ne s'exécute pas.
– Eh bien ? Que faites-vous ?
– J'attends, il n'est que 9 h 58 !

---

Une blonde se rend chez une voyante…
– Dites-moi ce que vous voulez savoir et je vous dirai ce que je vois…
– Ce que vous voulez savoir.
– Ce que je vois.
– Merci.
– De rien.

---

Une blonde raconte ses vacances à une amie :
– Cette année, je suis parti au pôle Nord !
– C'est dépaysant !
– Non, c'est des Esquimaux !

---

Une blonde à un gars :
– Qu'est-ce que tu fais dans la vie ?
– Je suis masseur.
– Partout où elle va ?

---

**Comment teindre l'oreille d'une blonde en rouge ?**
En lui téléphonant lorsqu'elle est en train de repasser !

---

# Hommes et femmes en blanc

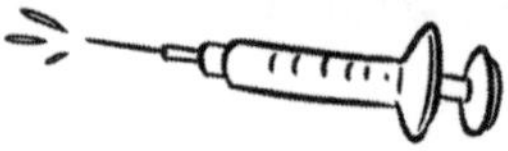

Un type explique à son psychiatre :
– Ma femme se prend pour un réfrigérateur !
– Ah ? Alors il faut qu'elle vienne me voir, elle aussi !
– Vous pensez pouvoir la guérir en combien de temps ?
– Je ne sais pas, tout dépendra d'elle...
– Si vous pouviez la guérir le plus vite possible, parce que quand elle dort la bouche ouverte... il y a cette putain de lumière qui m'empêche de dormir !

---

Un chirurgien spécialisé en cardiologie se rend chez son garagiste pour récupérer sa grosse moto. Avant de la lui rendre, le garagiste lui dit :
– Votre moto a eu droit à une véritable opération à cœur ouvert ! J'ai retiré les valves, remplacé toutes les pièces usées, tout nettoyé et tout remonté ! Vous verrez, elle est comme neuve !
– Super, merci !
– Je vous ai préparé la facture, mais ce n'est pas celle d'un chirurgien ! Moi, j'ai un salaire de misère alors

que, avouez-le, nous faisons tous les deux un peu la même chose, non ?
– Eh bien, fait le chirurgien, essayez de faire toutes ces réparations pendant que la machine est en marche…

---

Un type va consulter un psychiatre :
– Quel est votre problème ?
– Docteur, ma femme se prend pour moi !
– Effectivement, c'est un problème qui est bien de mon ressort. Cependant, il serait préférable que ce soit elle qui vienne me voir !
– Mais… je suis là !

---

Sur la table d'opération d'un hôpital, une patiente complètement dénudée est allongée. Alors que le chirurgien se penche au-dessus d'elle, la femme ouvre les yeux et lui dit :
– Si tu veux que l'on continue à se voir, il va falloir trouver un autre moyen : la Sécu commence à avoir des doutes !

---

Une femme rend visite à son médecin…
– Docteur, j'ai des trous noirs…
– Comme c'est trou… blant !

---

# Les répliques de ciné

– Je suis romancière, figure-toi. Edmonde Puget-Rostand, t'as rien lu ?
– Avec moi, si t'écris pas dans les bulles, y a aucune chance.
***Flic ou Voyou*** (1979), de Georges Lautner avec Jean-Paul Belmondo, Michel Galabru, Marie Laforêt, Jean-François Balmer

« Ne vous excusez pas ! Ce sont les pauvres qui s'excusent ! Quand on est riche, on est désagréable ! »
***La Folie des grandeurs*** (1971), de Gérard Oury avec Louis de Funès, Yves Montand, Alice Sapritch

– « Tango », ça s'écrit comment ?
– Bah, comment voulez-vous que ça s'écrive ? Comme « paso-doble » ! ?
***Garde à vue*** (1981), de Claude Miller avec Lino Ventura, Michel Serrault, Romy Schneider, Guy Marchand

– Dis-lui qu'elle a les yeux qui sentent le cul.
– *He says: you have beautiful eyes.*
– *Thanks, you too.*
– Alors?
– Elle a dit «toi aussi».
***La vérité si je mens!*** (1997), de Thomas Gilou avec Richard Anconina, José Garcia, Bruno Solo, Vincent Elbaz, Gilbert Melki

---

– C'est une très bonne idée, Cruchot!
– Oui, mon adjudant.
– D'ailleurs, cela aurait pu être mon idée.
– Ben… Oui, mon adjudant.
– D'ailleurs, c'est mon idée, Cruchot!
***Le Gendarme de Saint-Tropez*** (1964), de Jean Girault avec Louis de Funès, Michel Galabru, Geneviève Grad, Christian Marin, Jean Lefebvre, Guy Grosso

---

«Ce que tu peux être con! T'es même pas con, t'es bête. Tu vas jamais au cinoche, tu lis pas, tu sais rien. Si ça se trouve, t'as même pas de cerveau! Quand on te regarde par en dessus, on doit voir tes dents!»
***La Grande Sauterelle*** (1967), de Georges Lautner avec Mireille Darc, Hardy Krüger, Maurice Biraud

---

# Les belles-mères

**Quel point commun y a-t-il entre une dinde et une belle-mère ?**
Faut se les farcir !

---

Un type confie à un collègue les relations compliquées qu'il entretient avec sa belle-mère :
– Elle est très austère ! Distante… Aucune conversation n'est possible avec elle !
– Bref, tu la détestes !
– Voilà. Mais je ne désespère pas, je sais qu'un jour elle va finir par s'ouvrir…
– Quand ça ?
– Lors de son autopsie !

---

**Que faire si, alors que vous êtes armé d'un fusil et de deux cartouches, vous et votre belle-mère êtes attaqués par deux tigres ?**
Utilisez les deux cartouches pour votre belle-mère !

---

Une vieille dame annonce à son amie :
– Mon gendre devient enfin gentil ! Il m'a promis un beau cadeau !
– Ah ? Que doit-il t'offrir ?
– Il a dit qu'il allait m'offrir l'iPad !
– Hum, il n'a pas plutôt dit « Ehpad » ?

---

**Qu'est-ce qu'une belle-mère a de plus que sa fille entre les seins ?**
Son nombril.

---

**Quel point commun y a-t-il entre un pruneau et une belle-mère ?**
C'est tout fripé et ça fait chier !

---

Pour la première fois, une belle-mère félicite son gendre :
– C'est délicieux ! Je ne vous savais pas si doué. Où avez-vous trouvé la recette de ce cocktail ?
– Dans un roman d'Agatha Christie…

---

# Blagues à Toto

La maîtresse demande à Toto :
– Fais-moi une phrase avec le mot « convalescence » !
– Heu… Le réservoir de la voiture, bah… c'est là qu'on va l'essence !

———

Toto et sa classe visitent un aquarium. Face à celui des requins, Toto demande à sa maîtresse :
– Est-ce qu'ils mangent des sardines, les requins ?
– Oui, certainement ! lui répond-elle.
– Et comment ils font pour ouvrir les boîtes ?

———

La maîtresse annonce à sa classe :
– Aujourd'hui, nous allons faire un cours d'éducation sexuelle !
Toto, au fond de la classe, lève le doigt et demande :
– Madame ! Ceux qui sont plus puceaux peuvent aller jouer au foot ?

———

Toto en a marre d'être tous les soirs en retenue et tente d'en dissuader sa maîtresse :
– Madame ! Vous pensez pas que votre mari va finir par avoir des soupçons en me gardant après la classe, tous les soirs ?

---

Une maîtresse demande aux élèves de sa classe de faire une phrase avec « et pourtant ». Elle interroge Fiona, qui lui répond :
– Hier, je me suis baignée dans la piscine et pourtant il pleuvait !
– C'est parfait, Fiona ! Tu as très bien compris la leçon.
La maîtresse interroge maintenant Cédric :
– Cédric, pourrais-tu faire une phrase avec « et pourtant » ?
– Oui, madame. J'aime bien jouer avec mon petit frère et pourtant il est plus petit que moi !
– C'est bien, Cédric. Merci. Et toi, Toto, peux-tu faire une phrase avec « et pourtant » ?
Il réfléchit un instant et se lance :
– Heu… La terre est ronde…
– Bien, continue.
– … et pourtant… et pourtant ça baise dans tous les coins !

---

# Perles de coiffeurs

***Tourner sept fois sa langue dans la bouche avant de parler…***

– Vous allez voir ! Vous allez être plus belle que la mariée ! Vous mariez votre petite-fille si je me souviens bien…

– C'est moi, la mariée !

***… et plus s'il le faut.***

– Alors c'est pour quand l'heureux événement ?

– Hein ? Je ne suis pas enceinte, si c'est à ça que vous pensez…

– Oh, pardon !

———

***Pour un enterrement de vie de jeune fille, peut-être…***

– Pour mon mariage, j'aimerais bien avoir une couronne de fleurs dans les cheveux.

– Oui, c'est une bonne idée. Il y a quoi comme fleurs en ce moment… Des chrysanthèmes !

– Bonne idée… Une couronne mortuaire sur la tête !

***Ou pour un divorce...***
– Je dois me marier... Qu'est-ce que vous pouvez me conseiller ?
– La meilleure chose que je puisse vous conseiller, c'est de ne pas vous marier !

---

***Une idée à creuser...***
– Vous faites des coiffures pour les enterrements ?
– Je... Pour un enterrement ?
– Oui. Vous faites bien des coiffures pour les mariages ?
– Oui...
– Eh bien la même chose, mais en plus triste !

---

***Y a-t-il un risque qu'il naisse sans cheveux ?***
– Je suis enceinte... Vous ne me mettez pas de produits chimiques qui attaquent le bébé !

---

***Quand un client attend trop longtemps son tour, il peut s'imaginer ailleurs...***
– Allez, c'est enfin à vous !
– Bonjour, docteur.

---

# Le troisième âge

Sur le parking d'un centre commercial, une vieille dame repère enfin une place libre. Alors qu'elle commence à manœuvrer pour s'y garer, un jeune au volant de sa voiture arrive et lui pique la place…
Puis, il sort de sa voiture et lance à la femme :
– Jeune et rapide !
Vexée, la dame passe la première, donne un coup d'accélérateur et emboutit la voiture du jeune homme. Elle baisse sa vitre et lui lance :
– Vieille et riche !

---

On ne dit pas « prendre un coup de vieux ». Mais on dit… « se faire frapper par une personne âgée » !

---

– Il y a soixante ans, dit un vieux monsieur à sa femme, quand je te faisais l'amour, tu n'avais même pas le temps d'enlever tes chaussettes !
– C'est vrai, avoue la vieille dame, tu étais très rapide… Maintenant, j'aurais le temps de m'en tricoter trois paires !

---

**Quelle différence y a-t-il entre une jeune fille et une vieille dame qui demandent à un homme s'il en a une grosse ?**
La jeune fille pense à son sexe, la vieille dame à sa retraite…

---

– Je vous en prie, madame, asseyez-vous.
– Non merci, jeune homme, je descends au prochain arrêt.
– Mais vous êtes dans un parc, madame…

---

Trois mamies discutent sur un banc.
– Je perds la mémoire… L'autre jour, je ne sais plus quand, je vais dans la cuisine et je ne savais même plus pourquoi !
– Moi aussi… L'autre jour, je ne sais plus quand, je me suis levée pour aller quelque part et je ne savais même plus où !
– Moi, je n'ai pas encore ce problème ! Je touche du bois ! Toc-toc-toc ! fait alors la troisième mamie qui joint le geste à la parole en tapant sur le banc de bois, avant d'ajouter : Qui est là ?

---

# Les questions connes

Pourquoi est-ce toujours ceux qui puent de la gueule qui parlent à 30 cm de ton nez?

---

On sait tous que *La Peste*, c'est Camus, mais la grippe, est-ce Pagnol?

---

Si on ne recule pas sa montre au moment du changement d'heure, on se trouve dans le futur?

---

Puisque Mao Tsé-Toung, il voit toung et entend toung aussi? (Mao sait tout, voit tout et entend tout.)

---

Personne ne s'est jamais demandé pourquoi les météorites ne sont plus dans les cratères dans lesquels elles sont pourtant tombées?

---

Pourquoi « tout attaché » s'écrit-il séparément et « séparément », tout attaché ?

---

La douane a intercepté 55 kg d'héroïne, ils ont arrêté Wonder Woman ?

---

Le Soleil est dans l'espace et éclaire la Terre, pourquoi n'éclaire-t-il pas l'espace ?

---

Le tournant de l'humanité, n'était-ce pas le jour où « intello » est devenu une insulte ?

---

Celui qui dit non à l'alcool, il est en fait complètement bourré, pour parler à l'alcool ?

---

Ceux qui ponctuent toutes leurs blagues par : « O.K., je sors… », ne serait-il pas préférable qu'ils restent définitivement dehors ?

---

# Devinettes

**Que signifie « Ça va ? » ?**
Soit que la personne prend de vos nouvelles, soit qu'elle veut prendre des renseignements…

---

**Où trouve-t-on le plus de célibataires ?**
Au rayon des plats préparés des supermarchés…

---

**Quelle technique infaillible permet de toujours pouvoir boutonner le bouton de son jean ?**
Ne pas se mettre dedans !

---

**Pourquoi ne faut-il jamais faire la fête avec des gens sobres ?**
Parce qu'ils se souviennent de tout !

---

**Quel point commun y a-t-il entre l'amour et un chauffeur de bus ?**
Tu leur fais signe, ils ne s'arrêtent pas !

---

**Quelle différence y a-t-il entre la planète et l'humour ?**
La planète subit le réchauffement climatique et l'humour est victime d'un refroidissement : le second, troisième et quatrième degré n'existent plus, il ne reste que le premier…

---

**Pourquoi seuls les pauvres sont cons ?**
Un riche con, ça n'existe pas, alors que les pauvres cons…

---

**Pourquoi les végans zigzaguent-ils sur la route ?**
Pour éviter les dos-d'âne et nids-de-poule !

---

**Quel point commun y a-t-il entre un mauvais tennisman et les restaurants McDonald's ?**
Le service est trop long !

---

# Bêtisier des contribuables

«Faites un petit geste et je ferai un petit effort...»

---

«Depuis que je paye, je n'ai jamais reçu une lettre comme quoi vous aviez bien reçu le paiement et encore moins des remerciements!»

---

«Avant de remplir ma déclaration, je souhaitais savoir: combien faut-il que je mette pour ne rien payer?»

---

«Je suis au regret de vous informer avoir rédigé hier mon dernier chèque pour faire des courses. Merci d'attendre que la banque me procure un autre chéquier pour pouvoir vous payer.»

---

«Je voulais savoir si vous faisiez des crédits sur les impôts et si oui, à quel taux.»

---

« Je vous préviens que j'ai mis au hasard partout où je ne savais pas. »

---

« Ma banque n'a plus d'argent et ne veut plus m'en donner. »

---

« Ma déclaration est pleine de traces de café, mais vous n'aurez qu'à poser votre tasse aux mêmes emplacements que la mienne… »

---

« Oui, ma déclaration n'est pas remplie, mais je n'ai pas eu le temps et il fallait la renvoyer. »

---

« Si ma femme était morte, est-ce que je payerais moins cher ? »

---

« Il fallait faire un choix : vous payer ou changer de voiture ! »

---

« Pouvez-vous m'indiquer quelle est la marge d'erreur légale ? »

---

# Blagues coquines

Un très vieux monsieur épouse une jeune femme. Les jeunes mariés n'ont pas encore consommé leur amour et le soir de la nuit de noces, dans leur chambre d'hôtel, la jeune épouse demande à son mari :
– Chéri, vas-tu pouvoir me faire l'amour ?
Le vieux monsieur lève la main droite, les doigts écartés et tendus.
– Oh ! cinq fois ? s'étonne la jeune femme.
– Non ! fait le mari. Choisis un doigt !

---

Melon et Melèche préparent une soupe.
Melon prépare la patate, et Melèche, le poireau.

---

Un jeune type qui habite un coin paumé à la campagne se rend en ville pour y avoir une première expérience sexuelle avec une prostituée. Cette dernière devine qu'elle a affaire à un novice en la matière. Elle prend donc les initiatives et essaye de détendre un peu le

jeune campagnard. Elle le serre tout d'abord contre elle et lui demande :
– Tu sens mes cheveux ?
– Oui, m'dame… ça sent bon !
La prostituée dégrafe son soutien-gorge, puis attrape la tête de son client, qu'elle met entre ses deux seins :
– Tu sens ma poitrine ?
– Oui, m'dame… ça sent bon !
Elle retire ensuite sa culotte, prend la tête du type, la met entre ses jambes et demande :
– Tu sens ma petite chatte ?
– Oui, m'dame… Il y a longtemps qu'elle est morte ?

---

Un homme croise une jeune fille qui promène son chat.
– Bonjour, mademoiselle ! Puis-je caresser votre chatte ?
– Oui, mais qui va promener mon chat ?

---

Un homme se rend dans une pharmacie et demande :
– Une boîte de préservatifs noirs, s'il vous plaît.
– Noirs ? Je suis désolée, lui répond la pharmacienne, nous n'en avons pas. Je peux vous proposer une autre couleur ?
– Non, j'ai promis à ma femme que je porterais son deuil jusqu'au bout.

---

# Dieu & Co.

Pendant que les enfants de chœur préparent l'autel, le curé fait les mots croisés du journal de la paroisse en attendant la messe. Il est coincé par un mot et pense avoir commis une erreur quelque part…
– Dites, les enfants ? Qu'est-ce qui peut bien finir par « ouille », en sept lettres, et dont la définition est : « Quand on tire avec, elle se vide » ?
– Une douille, mon père !
– Ah ! Auriez-vous une gomme, les enfants ?

———

Deux sœurs désireuses d'aller en ville incognito, retirent leurs coiffes et se défont de leurs robes pour revêtir une tenue ordinaire. Arrivées dans un quartier chaud de la ville, elles pénètrent par curiosité dans un sex-shop. L'une des sœurs demande alors au commerçant :
– Qu'est-ce donc que cet objet oblong sur l'étagère, mon ami ?
– Ça ?
– Oui.
– C'est un vibro, pourquoi ?

– Un vibro ?
– Bah oui ! Un vibro… masseur !
– Aaaaah ! hurle l’autre sœur. Vite ! Fuyons ! Il t’a reconnue !

---

**Liste des saints et des prières à leur adresser :**
Le saint Bol n’a de valeur que par ce qu’il exprime.
Le saint Cope, à invoquer pour des problèmes de cœur.
Le saint Dicat, pour défendre vos intérêts.
Le saint Glé, lorsqu’on perd la raison.
Le saint Ole, soulage de tous les maux.
Le saint Ple, pour les petits riens.

---

Un juif va voir le rabbin avec une requête bien particulière…
– Rabbin, je voudrais faire circoncire mon chien.
– Quoi ? Un chien ! Mais tu n’y penses pas ?
– Je souhaite vraiment que mon chien soit circoncis.
– Non, cela n’est pas possible.
– Même si je fais un don de 3 000 euros pour que mon doberman soit circoncis ?
– Ah mais… tu ne m’avais pas dit que ton chien était juif, cela change tout !

---

# Mots d'esprit

« L'âge ne compte pas, à moins d'être un fromage. »

**Billie Burke**

———

« Voler des idées à une seule personne, c'est du plagiat ; voler à beaucoup, c'est de la recherche. »

**Steven Wright**

———

« Il est préférable d'avoir de très gros défauts que de toutes petites qualités. »

**Frédéric Dard**

———

« L'avantage des médecins, c'est que lorsqu'ils commettent une erreur, ils l'enterrent tout de suite… »

**Alphonse Allais**

———

« Le meilleur moyen de faire tourner la tête à une femme, c'est de lui dire qu'elle a un joli profil. »

**Sacha Guitry**

---

« Ce n'est pas parce qu'ils sont nombreux à avoir tort qu'ils ont raison ! »

**Coluche**

---

« Carte de crédit : chacun des petits rectangles de plastique, dont l'ensemble constitue un jeu de société de consommation, aussi appelé jeu de cash-cash. »

**Albert Brie**

---

« Un chameau, c'est un cheval dessiné par une commission d'experts. »

**Francis Blanche**

---

« La lune est pleine et on ne sait pas qui l'a mise dans cet état... »

**Alphonse Allais**

---

# Humour noir

Sur la plage, un petit garçon demande à son papa :
– Dis, papa ! Pourquoi mamie, elle court en zigzag sur la plage ?
– Tais-toi et passe-moi les cartouches !

---

À **quel moment un lépreux quitte-t-il une partie de poker ?**
Quand il perd la main…

---

Assis dans le canapé, ticket en main, un couple regarde le tirage du loto… Et après avoir joué pendant plus de vingt ans toutes les semaines, leur rêve se réalise enfin : ils ont tous les numéros ! Ils sont les seuls à remporter la super cagnotte de 20 millions d'euros ! Fou de joie, le couple sort dans la rue pour hurler son bonheur à la face du monde. La femme traverse la route en courant et… splash ! Elle se fait écraser par

un camion. Le mari regarde les restes éparpillés de sa femme sur la chaussée et s'écrie :
– Oh putain ! Quand une journée est bonne, elle est vraiment bonne !

---

**Que sont trois personnes qui passent sous un train de banlieue ?**
Ce sont six pieds sous TER…

---

Un chirurgien entre dans la chambre d'un patient et lui dit :
– J'ai une bonne et une mauvaise nouvelle à vous annoncer.
– Commencez par la bonne, elle me remontera peut-être le moral…
– En vous opérant dans les douze heures, on a une chance de vous sauver !
– Oh, mon Dieu ! Ouf ! Et quelle est la mauvaise ?
– J'ai oublié de vous le dire hier…

---

**Qui a toujours été favorable à un couvre-feu ?**
Jeanne d'Arc.

---

# Les hommes les femmes

**Pourquoi les femmes se serrent-elles les coudes ?**
Parce que ça fait des plus gros seins !

---

**Quelle différence y a-t-il entre un chien et un homme ?**
L'un a une grande gueule et est un animal, l'autre est affectueux et mange des croquettes.

---

Une fille qui emménage raconte à sa pote :
– J'ai fini de monter mon armoire Ikea !
– Tu as fait ça toute seule ?
– Oui, tu vois, on n'a pas besoin des mecs !
– Génial ! Elle est bien ?
– Ben… En fait, j'ai fait une table.

---

**Pourquoi ne trouve-t-on que des hommes pourris ?**
Parce qu'ils n'ont jamais mûri !

---

**Pourquoi les hommes courent-ils après les femmes sans vouloir se marier avec?**
Pour la même raison que les chiens courent après les voitures sans vouloir les conduire.

---

**Qu'est-ce qu'une femme fait à son trou du cul tous les matins?**
Elle choisit les fringues qu'il doit mettre pour aller travailler.

---

**Pourquoi les femmes qui ont des petits seins ne bronzent pas seins nus?**
Pour que les hommes puissent trouver leurs seins grâce aux traces du maillot.

---

**Pourquoi les hommes n'utilisent jamais de papier toilette?**
Parce que ce sont de parfaits trous du cul.

---

**Qu'est-ce qu'un homme bien éduqué?**
C'est celui qui relève la lunette des toilettes avant de pisser à côté…

---

# Comment se débarrasser des cons

**Le cadeau anti-cons**

Offrez-lui vingt séances de thalassothérapie dans la merveilleuse station balnéaire de Fukushima, au Japon.

---

**La méthode radicale**

Invitez-le à une partie de chasse, une battue, et vêtez-le d'un manteau de fourrure…

---

**La méthode *escape***

Fuir à l'autre bout du monde et ne jamais revenir vous débarrasserait définitivement de vos cons. Cependant, méfiez-vous, les cons, on en trouve aux quatre coins du monde ! Mais bon, le temps d'apprendre la langue, cela devrait vous laisser un peu de répit pour recharger vos batteries…

---

**La méthode radicale**
Préparez-lui un bain de boue pour qu'il se détende, qu'il ait une belle peau. Par contre, remplacez la boue par du béton à prise rapide…

---

**L'enflure**
Dans ce restaurant, on vous a reçu comme une merde. D'ailleurs, la bouffe en avait l'apparence et le goût. Le lendemain, faites une réservation téléphonique d'une tablée de vingt personnes à une heure de forte affluence… N'honorez pas votre réservation, mais téléphonez tous les quarts d'heure pour dire que vous avez un peu de retard, que vous êtes en route, que vous arrivez sous peu…

---

**Le prétentieux**
Pour chasser celui dont la conversation vous emmerde au plus haut point, mais qui vient tout le temps vous raconter sa vie trépidante et extraordinaire, croquez des gousses d'ail ! Si l'ail parvient à repousser le diable, une haleine chargée doit pouvoir éloigner les cons ! Et puis, vous en profiterez pour compter vos véritables amis, ceux qui, pour vous, sont prêts à tous les sacrifices olfactifs…

---

# Devinettes

**Quel est le point commun entre nous et les Égyptiens ?**
Ils écrivaient avec des hiéroglyphes et nous, avec des smileys…

———

**Pourquoi Thomas Pesquet est-il très pointilleux au restaurant ?**
Parce qu'il aime les plats nets.

———

**Qu'attend un photographe qui vient de se faire larguer ?**
Il attend un mot d'elle…

———

**Que serait un monde sans haine ?**
La mode (sans « N »).

———

**Pour qui la taille est-elle importante ?**
Pour les jardiniers…

---

**Comment se nomme la fée qui ne mange que des chocolats ?**
La fée Rérorocher.

---

**Quel point commun y a-t-il entre Pacman et Gérard Depardieu ?**
Ils sont ronds avec une grande gueule.

---

**Pourquoi Pamela Anderson a-t-elle des gros seins ?**
Parce qu'elle allaite à Malibu.

---

**Pourquoi on n'entend pas les plongeurs parler ?**
Parce qu'ils parlent tuba…

---

**Que réclament les schizophrènes ?**
Un treizième moi…

---

# Drôles de couples

Une femme fait une demande particulière à son mari :
– Cette année, pour la Saint-Valentin, j'aimerais que l'on passe une soirée comme nous le faisions au tout début de notre rencontre…
– T'as raison, ça peut être sympa !
Le jour de la Saint-Valentin, son mari l'amène donc dans un petit restaurant très bon marché…
– J'avais oublié, dit la femme, mais c'est vrai qu'à l'époque on ne fréquentait pas les grands restaurants !
– Eh oui… concède son mari.
Au moment de régler l'addition, le mari sort de sa poche des petits billets et de la monnaie pour régler la moitié de la note…
– C'est drôle ! fait la femme. Tu as raison, nous n'avions pas d'argent et nous devions partager…
– Eh oui…
En sortant du restaurant, le mari conduit sa femme en voiture, mais n'emprunte pas le trajet de la maison…
– Où va-t-on ? lui demande sa femme.
– Ben… je te ramène chez tes parents !

Une femme vient de faire un test de grossesse et son mari s'enquiert du résultat :
– Alors, ça dit quoi ?
– Je suis enceinte...
– Oh ! non... Pourtant, je te jure que j'ai fait attention !
– Oui, mais tu sais, c'est un peu comme sur la route : tu as beau faire attention, si les autres n'en font pas autant...

---

Un couple se dispute...
– On ne fait même plus l'amour ! reproche le mari.
– De toute façon, tu n'as jamais trouvé mon point G ! rétorque sa femme.
– Oh ! que si, je l'ai trouvé ! G froid... G mal à la tête... G pas envie... G trop sommeil...

---

Un homme arrive très en colère au travail.
– Qu'est-ce qui nc va pas ? lui demande un collègue.
– Hier soir, en rentrant chez moi, explique-t-il, j'ai surpris ma femme avec un homme en train de faire l'amour sur le canapé !
– Oh, merde ! Qu'est-ce que tu vas faire pour que ça ne se reproduise pas ?
– J'ai pris mes précautions : ce matin, j'ai jeté le canapé aux encombrants !

---

# La ronde des métiers

**Réceptionniste**

Un couple de Français passe un week-end à Londres. Dans la chambre d'hôtel, ils aperçoivent une souris traverser la pièce à toute allure et se réfugier sous leur lit ! La femme hurle de frayeur et le mari, qui ne maîtrise pas bien l'anglais, descend aussitôt se plaindre à la réception.

– Heu... *Hello ! I'm the* chambre 116. *You* connaître Tom et Jerry ?

– *Tom & Jerry* ?

– *Jerry is in my room !*

---

**Voyante**

Une femme qui pratique le spiritisme tombe amoureuse d'un homme. C'est leur première nuit d'amour... L'homme s'allonge sur la voyante et cette dernière lui dit :

– Je voudrais savoir si tu m'aimes. Un coup pour non, mille coups pour oui.

---

**Guérisseur**

Une femme gravement malade consulte un guérisseur. De retour à la maison, elle est heureuse d'annoncer à son mari :

– Il peut me guérir ! Si je fais l'amour tous les jours pendant un mois, je suis sauvée !

– Ah bon ? Dans ce cas, répond le mari, réserve-moi un vendredi soir…

---

**Directeur des ressources humaines**

On ne dit pas « un gestionnaire de tâches ». Mais on dit… « le directeur des ressources humaines » !

---

**Chauffeur de car**

On ne dit pas « Tous mes ennuis sont derrière moi ! », mais on dit… « Je conduis un bus scolaire. »

---

**Contrôleur**

Des hommes en noir investissent un train de banlieue de la région parisienne en hurlant :

– Tout le monde les mains en l'air !

La moitié des passagers poussent un soupir de soulagement et disent :

– Ouf ! Je croyais que c'étaient les contrôleurs !

---

# Je suis c'est comme

Je suis épuiplusrien. C'est comme épicurien, mais en fait non.

---

J'ai des airgasme. J'adore sentir l'air frais sur mon visage !

---

J'ai des courbitures. C'est comme des courbatures, mais c'est à cause de l'alcool…

---

J'ai quelques kilos superglue. C'est comme superflus, mais ils me collent vraiment au corps !

---

Je déamboule… C'est comme déambuler, mais je balance mon gros cul.

---

Passoire. C'est comme « Pas ce soir », mais j'ai trop la flemme…

---

J'ai mangé en gâchette. Bref, je me suis cagoulé pour braquer de la bouffe dans une épicerie…

---

Je suis très flanc. C'est comme être franc, mais je peux vite me retourner.

---

Je suis balcoolique. Quand je bois, je danse…

---

Je suis courbu. C'est comme fourbu, mais là je suis plié en deux.

---

J'en ai de plus en plumard. Bref, je me lève même plus !

---

J'ai le rhum. C'est comme le rhume, mais je me soigne !

---

# Trop blondes

Une blonde monte dans un bus et demande qu'on lui cède une place parce qu'elle est enceinte. Un monsieur se lève et lui propose gentiment sa place. Comme sa grossesse ne se remarque pas, il lui demande :
– Vous êtes enceinte de combien ?
– Oh ! ça fait cinq minutes mais ça m'a complètement crevée…

---

Dans le confessionnal, une blonde dit au prêtre :
– Voilà, mon problème, c'est que je n'ai jamais connu mon père.
– C'est une chose qui arrive malheureusement très souvent, ma fille.
– Papa ?

---

Pour Noël, deux blondes vont chercher un sapin dans la forêt. Au bout de trois heures de marche, l'une dit à l'autre :
– Je suis fatiguée de marcher !
– Moi aussi ! Je te préviens : le prochain sapin que l'on voit, qu'il ait des boules ou pas, on le prend !

---

Un homme très aimé dans son village vient à mourir de vieillesse. L'ensemble du village assiste à ses obsèques. Le curé prononce une oraison funèbre dans laquelle il dit que sa « disparition laissera un vide douloureux… » Le lendemain, une blonde qui était présente à l'enterrement interpelle le prêtre :
– Qu'est-ce que vous vouliez dire, hier ? Comment un vide peut-il être douloureux ?
Le curé lui répond :
– Vous avez déjà eu des maux de tête, non ?

---

Un homme demande à sa blonde :
– Dis-moi, pourquoi mes pantalons ne sont-ils jamais repassés au-dessus du genou ?
– Ben… Justement, je voulais t'en parler, le fil du fer à repasser est un peu trop court…

---

# Parents épuisés

Un homme se plaint auprès de sa femme que leur fils ne pratique aucune activité physique :
– Il est toujours scotché derrière sa console de jeux ! Il passe de la télé à l'ordinateur, de l'ordinateur à la télé !
Sa femme essaie de trouver une solution et dit :
– Tu es son père, c'est à toi de le motiver ! Tiens, tu devrais lui proposer d'aller faire une partie de tennis avec toi ?
Le mari, furibard, répond :
– Je lui ai proposé de faire une partie de tennis pas plus tard qu'hier. Tu sais ce qu'il m'a répondu ? « O.K., dans une heure, faut que je recharge la seconde manette… »

---

**Quel point commun y a-t-il entre Ikea et la chambre d'un ado ?**
Quatre assiettes, trois bols, six verres, cinq petites cuillères…

---

**Quel point commun y a-t-il entre un enfant et un pet ?**
Quand c'est silencieux, il faut se méfier...

---

Trois enfants extrêmement mal élevés, de 4, 6 et 8 ans, sont à table avec leur père. Les enfants chahutent, mais ne mangent pas. Le père s'adresse à son fils aîné et se fâche :
– Tu te tais et tu manges !
Le môme de 8 ans lui répond :
– C'est dégueulasse ! J'mange pas d'la merde, moi !
Le père se lève et flanque une énorme baffe à son fils.
Il s'adresse ensuite à son fils de 6 ans :
– Et toi ? Ça te fait rire ?
– Ouais ! J'suis éclaté ! Moi non plus j'en veux pas, de ta bouffe de merde !
Le père lui flanque une beigne magistrale puis se tourne vers son plus jeune fils, celui de 4 ans. Il constate que celui-ci mange paisiblement ce qu'il a dans son assiette, mais qu'il se protège le visage d'une main... Son père lui dit :
– Ah ! Au moins, toi, tu me respectes ! Inutile de te protéger le visage, je ne vais pas te faire de mal...
Et le petit lui répond :
– On ne sait jamais, t'es tellement con...

---

# Les répliques de ciné

– Évidemment, c'est pas des chaussures pour la marche que vous avez là.
– Puisque vous me le proposez si gentiment, j'accepte !
– Quoi ?
– Que vous me prêtiez vos souliers.
– Bah ! vous chaussez du combien ?
– C'est du comme vous !
***La Grande Vadrouille*** (1966), de Gérard Oury avec Bourvil, Louis de Funès, Claudio Brook, Marie Dubois

———

« Ah ! J'attendais ça ! Mes instruments de ménage… L'ironie du primate, humour Louis-Philippin, le sarcasme prudhommesque. Monsieur Naudin, vous faites sans doute autorité en matière de bulldozers, tracteurs et Caterpillar, mais vos opinions sur la musique moderne et sur l'art en général, je vous conseille de ne les utiliser qu'en suppositoires, et encore pour enfants. »
***Les Tontons flingueurs*** (1963), de Georges Lautner avec Lino Ventura, Bernard Blier, Francis Blanche, Claude Rich, Jean Lefebvre, Jacques Dumesnil

———

– Vous savez quelle différence il y a entre un con et un voleur ?
– Non…
– Un voleur, de temps en temps, ça se repose…
***Le Guignolo*** (1980), de Georges Lautner avec Jean-Paul Belmondo, Michel Galabru, Charles Gérard

---

« Je suis ancien combattant, militant socialiste et bistrot… C'est dire si, dans ma vie, j'en ai entendu, des conneries. »
***Un idiot à Paris*** (1967) de Serge Korber avec Jean Lefebvre, Dany Carrel, Bernard Blier

---

– Mais, mais qu'est-ce qui se passe ? Ma… ma veste est pleine de cambouis !
– Je vous présente toutes mes confuses.
– Mais ! Mais qu'est-ce que… ? Mais qu'est-ce que c'est que cette matière ? Mais c'est… mais c'est d'la merde !
– Non, non, c'est Kloug.
***Le père Noël est une ordure*** (1982), de Jean-Marie Poiré avec Anémone, Marie-Anne Chazel, Thierry Lhermitte, Gérard Jugnot, Josiane Balasko, Christian Clavier

---

# Blagues à papa

**Quelles sont les deux sortes d'îles que l'on trouve dans les Caraïbes?**
Les Antilles et les Méssantes…

---

**Quel est le comble du magicien?**
C'est d'oublier sa baguette chez le boulanger.

---

**Quel est le comble pour un pâtissier?**
C'est d'avoir l'air tarte en faisant des éclairs pendant l'orage.

---

**Quel est le comble pour un prof de musique?**
C'est de s'appeler Rémi.

---

**Comment s'appelle le frère de Bill Gates?**
Garry… (Gariguette)

---

**Connaissez-vous la blague du petit déjeuner ?**
Non ? Pas de bol…

---

**Qu'est-ce qu'une femme dont le sexe est enduit de moutarde ?**
Une Pokémon ! Parce que c'est un « pique atchoum »…

---

**Comment s'appelait le frère d'Émile Zola ?**
Gorgon.

---

**Aligue pense que Croco ne fume pas. A-t-il raison ?**
Aligue a tort parce que Croco deale.

---

**Que font les Chinois avec une peau de banane ?**
Ils la jettent, comme tout le monde !

---

**Que se disent les arbres lorsqu'ils sortent en boîte de nuit ?**
– Laquelle je vais brancher ?

---

# Les plus courtes sont les meilleures

Une femme demande à son mari :
– Pourquoi tu te mets toujours à la fenêtre quand je chante ?
– Pour pas que les voisins pensent que je suis en train de t'égorger !

---

Un type raconte à un copain :
– Quand je suis né, on m'a donné le choix : avoir un grand pénis ou une excellente mémoire.
– Tu as choisi quoi ?
– Je ne me souviens plus…

---

Un photographe s'apprête à prendre la photo de groupe d'un mariage. Parmi les invités, un bègue et un bossu prennent la pose côte à côte. Le bossu dit au bègue :
– Ne parle pas, sinon tu seras floue sur la photo !
Et le bègue lui répond :
– Bai… Bai… Baisse-toi, sinon on p… pourra pas fermer l'album !

---

La police frappe à la porte d'une personne qu'elle recherche...
– Qui c'est ? demande l'homme sans ouvrir.
– Police nationale ! Ouvre, on voudrait discuter avec toi !
– Vous êtes combien ?
– Nous sommes six.
– Alors discutez entre vous !

---

Lors d'un bal de charité, un homme de la haute société invite une dame à danser une valse. Alors qu'ils dansent, l'homme ne peut contenir un pet...
– J'espère que cela restera entre nous, dit-il, gêné, à sa cavalière.
– J'espère au contraire que ça va circuler !

---

Une fille envoie un SMS à son doux et tendre :
« Si tu souris, envoie-moi ton sourire. Si tu pleures, envoie-moi tes larmes. Si tu dors, envoie-moi tes rêves... »
Vingt secondes plus tard, elle reçoit la réponse du copain :
« Suis en train de chier là. Je t'envoie quoi ? »

---

# Perles des assurances

«Je suis boulanger et j'ai besoin de ma camionnette pour faire ma tournée. C'est mon gagne-pain.»

---

«J'ai freiné, j'ai crié "enculé ! ", et l'autre m'est rentré par-derrière.»

---

«Ne vous fiez pas à ce que l'autre vous racontera, c'est un gros con.»

---

«Je n'ai pas encore pu vous envoyer le constat parce que je n'ai pas encore fini mon dessin.»

---

«Je suis passé par-dessus le guidon et j'ai fait le coup du soleil.»

---

« En me rentrant dedans, il m'a donné la trique du lapin. »

---

« Que dire sinon que j'ai tort mais beaucoup moins que lui ? »

---

« Je suis descendu de ma voiture et, comme par magie, ma voiture a continué à rouler toute seule. »

---

« Mon pneu a été crevé comme ma femme qu'était très fatiguée… »

---

« Après le coup que je lui mis par le derrière, la femme ne pouvait plus marcher. »

---

« Je pourrais très bien changer d'assurance et en trouver une qui dira que j'ai raison ! »

---

« C'est quand même pas ma faute si je ne l'ai pas vu ! »

---

# Devinettes

**Quelle est la version française de Steve Jobs?**
Paul Emploi…

---

**Que dit un chasseur fatigué de courir derrière des lapins?**
Je suis les civets…

---

**Quelle est la langue la moins parlée au monde?**
La langue des signes…

---

**Que dirait Johnny Hallyday s'il savait que les ventes de ses chansons ont décuplé?**
«Ah qu'elles ont des refrains aussi!»

---

**Quand faut-il changer de femme de ménage?**
Quand on aspire à mieux…

---

**Pourquoi y a-t-il des gens propres en Russie?**
Parce que des gens slaves l'habitent.

---

**Pourquoi Claire ne travaille-t-elle pas à la ferme?**
Parce que la ferme tuerait Claire...

---

**Quel point commun y a-t-il entre le nucléaire et Pôle Emploi?**
Les radiations...

---

**Qu'est-ce qu'une personne qui n'assume pas sa bisexualité?**
Un bikini.

---

**Pourquoi un basketteur avoue-t-il facilement tout?**
Parce qu'il peut panier...

---

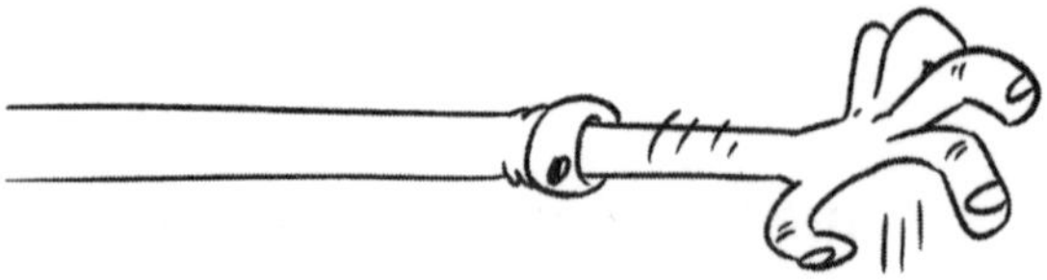

# Comment emmerder le monde

Lorsque vous traversez un village, klaxonnez et faites de grands gestes pour dire bonjour aux gens que vous croisez. Ils vous répondront par un salut amical tout en se demandant : « C'est qui ? »

---

Dans les transports en commun et les lieux publics, demandez gentiment aux gens de bien vouloir vous ouvrir les portes. Remerciez-les en disant que vous ne voulez pas toucher les poignées, c'est trop dégueulasse…

---

Sur la plage, organisez des parties de foot où les parasols des gens délimitent les cages de buts…

---

Dites aux enfants où sont cachés les œufs de pâques. Mieux : ramassez-les avant eux !

---

Tentez une vingtaine de créneaux, le temps de réaliser un joli embouteillage dans la rue, avant de vous résigner à vous garer sur cette place de toute évidence bien trop petite pour votre voiture…

---

Il est inutile de mettre un autocollant « Stop à la pub » sur votre boîte aux lettres puisque justement, c'est dans les boîtes qui arborent ce message d'interdiction qu'un emmerdeur digne de ce nom se débarrasse de tous ses prospectus…

---

Avec les enfants, jouez toujours pour gagner. Et trichez si besoin !

---

Dans l'avion, racontez à votre voisin que vous portez toujours la poisse et que vous n'êtes pas rassuré de prendre l'avion pour la première fois. D'autant plus que votre voyante vous l'a fortement déconseillé.

---

Pour tuer votre ennui, parcourez les forums du Web et laissez des commentaires destructeurs, des critiques acerbes, des conseils fallacieux, des avis inquiétants…

---

# C'est la crise

Devant l'entrée d'un supermarché, deux SDF font la manche…
– Comment as-tu sombré dans la pauvreté ? demande le premier.
– J'ai été licencié… Et toi, comment es-tu devenu pauvre ?
– Un jour, en sortant de chez moi pour aller travailler, j'ai oublié d'éteindre la lumière…

---

La Belle au Bois dormant, Simplet, Pinocchio, Picsou, les frères Rapetou et Gargamel se disputent :
– C'est moi la plus belle ! dit la Belle au Bois dormant.
– Oui, mais moi, je suis le plus idiot ! affirme Simplet.
– Moi, je suis le plus grand menteur ! dit Pinocchio.
– Et moi, je suis le plus riche ! poursuit Picsou.
– Nous, les plus grands voleurs ! déclarent les frères Rapetou.
– Moi, le plus cruel ! assure Gargamel.
La Belle au Bois dormant se rend donc chez Merlin l'enchanteur pour qu'il lui confirme qu'elle est la plus belle. Elle revient un moment plus tard et déclare :

– J'avais raison ! C'est bien moi la plus belle !
Simplet, Pinocchio, Picsou, les frères Rapetou et Gargamel se rendent ensemble chez Merlin. Ils en ressortent un moment plus tard, l'air désabusé.
– Alors ? demande la Belle au Bois dormant à ses amis, qui lui répondent :
– Alors, c'est qui ce Vladimir Poutine ?

---

**À quoi ressemble la courbe de sortie de crise ?**
À un cercle !

---

**Comment dit-on « Poutine » à Paris ?**
On dit « pout au chocolat » !

---

– Grâce à la guerre en Ukraine, je vis dans le luxe ! déclare à un homme à un ami.
– Comment ça ?
– Le prix des pâtes a tellement augmenté que j'ai l'impression de manger un produit de luxe !

---

On ne dit plus « Coronavirus », mais on dit… « Mort aux navires russes » !

---

#### Perles
# d'enseignants

Se réveille parfois pour regarder l'heure…

———

Toujours près du radiateur, il sèche.

———

Mastique et reste collé à la fenêtre pour observer les voitures passer, tels les bovidés le long des voies ferrées…

———

Téléphone portable une nouvelle fois confisqué ! Nous demandons une réorientation vers l'EFMRS (École de formation au métier de rédacteur de SMS).

———

A sans aucun doute touché le fond, mais cherche encore à creuser…

———

Indispensable à la classe comme la dinde l'est à Noël.

———

Une méduse s'est échouée dans la classe… Nous aimerions la remettre à l'eau, mais quand on s'approche, elle pique !

———

Gros effort de participation : il lève enfin la main ! Pour demander à se rendre aux toilettes…

———

Une plante dans son pot. Attention à ce que l'on ne vous arrose pas, pensez à bouger de temps en temps !

———

Avec vous, tout semble si simple… d'esprit.

———

Siffle en classe ! Certes à merveille, mais, de l'oiseau, il lui reste à prouver qu'il n'en a pas aussi la cervelle…

———

Faites un effort ! Autrement, on va finir pas croire que vous êtes de ceux qui appuient plus fort sur les touches de la télécommande lorsque ses piles sont à plat !

———

# L'abus d'alcool est dangereux pour la santé

**Comment les amateurs de Ricard contribuent-ils à la protection du climat ?**
En préservant la couche d'eau jaune…

---

Deux copains complètement bourrés parlent de leur femme.
– Ma femme est tellement moche que même toi, tu n'en voudrais pas !
– Ça m'étonnerait !
– Ben… Viens chez moi, je vais te la montrer !
Ils arrivent donc chez le gars, sonnent à la porte et sa femme vient ouvrir.
– Alors ? fait le mari à son pote.
– Alors ta femme est super moche, mais la mienne, c'est encore pire ! Allez… On va chez moi !
Et les deux copains se retirent donc chez le second.
Arrivé chez lui, il entre avec son pote, puis crie en direction de la chambre :
– Chérie !!! Viens là !

– Oui, oui… répond une petite voix. Faut que je mette mon sac sur la tête ?
– Non ! C'est pas pour te baiser, c'est pour te montrer !

---

Deux types bourrés déambulent dans la ville. À un carrefour, sur le trottoir, ils croisent un agent de police. Ils lui demandent :
– Hé ! M'sieur l'agent !
– Oui ?
– Il est passé, le bus 171 ?
– Oui. Il est passé il y a environ un quart d'heure !
– Et le 54 ?
– Aussi, il est passé.
– Et le 23 ?
– Le 23 est passé il y a longtemps.
– Et… le 87 ?
– Inutile de demander, il est tard et tous les bus sont déjà passés !
Le type se retourne vers son copain et lui lance :
– C'est bon ! Y a plus de bus ! On peut traverser…

---

**Pourquoi les alcooliques craignent-ils la fin de l'heure d'hiver ?**
Parce qu'ils n'aiment pas l'heure des thés !

---

# Dieu & Co.

**Quelles furent les dernières paroles de Jésus ?**
Ça fait mal, mais je m'accroche !

---

**Liste des saints et des prières à leur adresser :**
Le saint Ptome, en cas de maladie.
Le saint Taxe, pour des soucis d'élocution.
Le saint Tèse, quand on n'a pas prié depuis longtemps.
Le saint Tétic, pour les problèmes d'allergie au coton.
Le saint Tre, pour que les soldes soient intéressants.
Le saint Ure, pour se donner le courage de poursuivre un régime.

---

Une jeune fille va se confesser.
– Mon père, j'ai commis un horrible péché.
– Je vous écoute, ma fille.
– J'ai un petit copain. Hier soir, mes parents sont sortis. Alors, je l'ai invité à la maison…
– Que s'est-il passé ?
– Il m'a embrassée.
– Est-ce tout ?

– Non. Il m'a demandé de me déshabiller.
– Vous l'avez fait ?
– Oui. Toute nue, il m'a allongée sur le lit.
– Et ensuite ?
– Il a écarté mes jambes.
– Et ?
– Il a sorti son sexe.
– Et puis ?
– Ma mère est entrée soudainement dans la chambre.
– Et merde !

---

Un curé se plaint auprès d'un de ses collègues :
– Je ne sais plus quoi faire ! Les pigeons sont entrés dans mon église. Ils nichent un peu partout et les fientes tombent sur les paroissiens !
– Je sais, j'ai eu le même problème il y a quelques années, lui répond l'autre curé. Heureusement, je suis parvenu à m'en débarrasser !
– Comment as-tu fait ?
– Je les ai baptisés et ne les ai plus jamais revus à l'église !

---

**Qu'est-il arrivé à Ève après avoir croqué la pomme ?**
Elle a eu des pépins…

---

# Mots d'esprit

« Il est plus difficile de désagréger un préjugé qu'un atome. »

**Albert Einstein**

---

« Le tennis et le ping-pong, c'est pareil. Sauf qu'au tennis les joueurs sont debout sur la table. »

**Coluche**

---

« C'est souvent avec une femme idiote qu'on vit en bonne intelligence… »

**Albert Willemetz**

---

« Trop au lit pour être honnête. »

**Alexandre Breffort**

---

« J'aime mieux les méchants que les imbéciles car au moins, ils se reposent… »

**Alexandre Dumas**

---

« Si Dieu a fait l'homme à son image, il est moche. »

**Jean Yanne**

---

« Si Dracula ne peut pas voir son reflet dans la glace, comment fait-il pour être toujours aussi bien coiffé ? »

**Steven Wright**

---

« Ceux qui ne savent rien en savent toujours autant que ceux qui n'en savent pas plus qu'eux. »

**Pierre Dac**

---

« Ce qui, en français, a l'air de sonner bien, traduit en russe peut être très vilain. »

**Alexandre Soumarokov**

---

# Humour noir

**Top 5 des mots que vous n'aimeriez pas entendre à l'hôpital :**

5) Désolé, mais on va devoir vous débrancher…
4) J'ai quelque chose à vous annoncer…
3) Oh ! la vache ! Vous n'êtes pas beau à voir !
2) Personnellement, je suis pour l'euthanasie et cela, même quand le patient ne le demande pas !
1) Martine ! La chambre 18 sera bientôt libre !

———

Une femme dont le mari vient d'avoir un accident de la route arrive en courant à l'hôpital…

– Mon mari vient d'être admis chez vous, je peux le voir ? Sa voiture a été coupée en deux par un camion…

À l'accueil, l'infirmière consulte son ordinateur et confirme :

– Effectivement, il est en chambre 110 et 111 !

———

Une veuve assiste à l'incinération de son défunt mari. Une heure plus tard, le responsable de la crémation annonce à la femme :

– Je ne sais pas ce qui s'est passé, le cercueil a bien brûlé, mais le corps est encore intact !

– Ça ne m'étonne pas, ça fait plus de vingt ans qu'il est sous anti-inflammatoires !

---

**Top 5 des dernières paroles que vous entendrez peut-être juste avant de passer l'arme à gauche :**

5) Nous traversons une zone de turbulences. Veuillez rester assis et attacher vos ceintures.

4) Passe devant, je te suis.

3) Accroche-toi, ça va secouer un peu !

2) Ne bouge surtout pas…

1) Attention, ça glisse.

---

Un bossu se met à genoux pour demander sa petite amie en mariage :

– Veux-tu m'épouser ? Sans toi, ma vie ne serait qu'un désert !

– Déjà que tu ressembles à un dromadaire…

---

# Les dragueurs

Deux types discutent dans une boîte de nuit.
– Je ne comprends pas. Tu as un corps d'athlète, une gueule de mannequin et tu es toujours seul…
– Je sais… Les filles ne veulent pas de moi.
– Tu plaisantes ou quoi ? Tiens, regarde discrètement derrière toi…
Le type se retourne et voit Carla Bruni en train de le regarder fixement.
– Alors, t'as vu ? C'est Carla Bruni ! Ça fait une heure qu'elle te mate, tente ta chance !
– Tu crois ?
Carla Bruni part un instant aux toilettes, puis revient s'asseoir. Le type se décide alors à l'aborder. Il s'approche de sa table et, pour engager la conversation, lui demande :
– Alors Carla, on a fait caca ?

---

Un garçon drague une fille en boîte.
– Dis-moi, tu connais la différence entre une minute de fellation et une minute de sodomie ?

– Quoi ? Qu'est-ce que tu veux ?
– T'as deux minutes ?

---

Un gars aborde une fille, mais cette dernière l'envoie balader...
– Tu perds ton temps, je n'aime pas les crocodiles ! lui dit-elle.
– Les crocodiles ?
– Oui, les grandes gueules courtes sur pattes !

---

Un type demande à une copine :
– Tu connais la différence entre un steak haché et ma bite ?
– Heu, non.
– Tu viens manger à la maison ce soir ?

---

Une fille demande à un garçon :
– À ton avis, quelles sont mes qualités ?
– Ben, tu es belle, gentille et intelligente !
– Oh, t'es trop mignon ! Et toi, c'est quoi ta principale qualité ?
– Je suis super bon menteur !

---

# Toc toc toc

**Toc-toc-toc!**
– Qui est là?
– Abou, Emma…
– Abou, Emma qui?
– Abou Emma ça voulait dire, on est heureux, la bohême, la bohême, nous ne mangions qu'un jour sur deux…
**Charles Aznavour – *La Bohème***

---

**Toc-toc-toc!**
– Qui est là?
– Robin…
– Robin qui?
– Robin dis donc, t'ouvres?

---

**Toc-toc-toc!**
– Qui est là?
– Mao…
– Mao qui?

– Mao les femmes ! Avec leurs gestes pleins de charme, dites-moi où sont les femmes ? Femmes, femmes, femmes, femmes, où sont les femmes ?
**Patrick Juvet – *Où sont les femmes***

---

**Toc-toc-toc !**
– Qui est là ?
– Stella…
– Stella qui ?
– Stella danse des canards, qui en sortant de la marre, se remuent le bas des reins et font coin-coin !
**J. J. Lionel – *La Danse des canards***

---

**Toc-toc-toc !**
– Qui est là ?
– Sam, Eugène…
– Sam, Eugène qui ?
– Sam Eugène d'attendre dehors…

---

**Toc-toc-toc !**
– Qui est là ?
– Jeff…
– Jeff qui ?
– Jeff'rappé à ta porte ! T'ouvres ?

---

# Drôles de couples

Un homme fou de rage entre dans un bar avec un fusil à la main en hurlant :
– Quel est celui qui a baisé ma femme ?
Le barman lui répond :
– Baisse ce fusil, tu vas manquer de cartouches…

---

Dans un grand magasin, deux hommes se présentent, l'air inquiet, à l'accueil. L'hôtesse demande au premier monsieur :
– Que puis-je pour vous ?
– J'ai perdu ma femme dans le magasin.
– Ah… je suis désolée, mais je ne peux pas faire d'annonce, mon micro est en panne. Il faut que vous la cherchiez… Comment est-elle ?
– C'est une grande blonde d'environ 1,75 m, grosse poitrine, yeux bleus, très belle… Elle porte une minijupe noire et un chemisier blanc très décolleté.

– Si je la vois, je lui dis que vous la cherchez, lui répond l'hôtesse. Et vous ? Que puis-je pour vous ? demande-t-elle au second monsieur.
– Ben… moi aussi, j'ai perdu ma femme. Mais oublions la mienne, je vais d'abord aider le monsieur à retrouver la sienne !

---

Une femme fait ses valises et son mari arrive sur ces entrefaites :
– Qu'est-ce que tu fais ? lui demande-t-il.
– J'en ai marre, je te quitte !
– Et… comment vas-tu vivre ?
– Je vais à Monaco ! Là-bas, il paraît qu'on te paye 150 euros pour une fellation !
– Ah oui ? Et tu crois que tu peux vivre avec 150 euros par an ?

---

C'est dimanche et un hommc cn profite pour faire un peu de bricolage. Sa femme l'observe planter des clous et lui dit :
– Quand je te vois faire comme ça, tu me fais penser à la foudre !
Flatté, le mari gonfle ses muscles et répond :
– Je suis rapide comme l'éclair, hein ?
– Non, tu ne frappes jamais deux fois au même endroit !

---

# Les répliques de ciné

– Le crétin chimiquement pur, j'me demande où tu vas l'chercher ?
– 36, quai des Orfèvres. J'suis fidèle à mes fournisseurs.
***Le Pacha*** (1968) de Georges Lautner avec Jean Gabin, Dany Carrel, André Pousse

———

« Vos amis ont un important taux de mortalité. Hier trois, aujourd'hui deux… »
***Il était une fois dans l'Ouest*** (1968), de Sergio Leone avec Charles Bronson, Henry Fonda, Claudia Cardinale

———

– Professeur Jones ?
– Oui ?
– Je savais que c'était vous. Vous avez les yeux de votre père.
– Et les oreilles de ma mère. Mais le reste vous appartient…

– Je crois que nous avons évoqué les meilleures parties de votre anatomie.
***Indiana Jones et la Dernière Croisade*** (1989), de Steven Spielberg avec Harrison Ford, Sean Connery, Denholm Elliott

---

« Si les femmes s'occupaient de savoir d'où vient l'argent qu'elles dépensent, les bijoutiers fermeraient boutique. »
***Massacre en dentelles*** (1952), d'André Hunebelle avec Raymond Rouleau, Anne Vernon, Bernard Lajarrige

---

« Les avis, c'est comme les trous du cul, tout le monde en a un. »
***L'Inspecteur Harry*** (1971), de Don Siegel avec Clint Eastwood, Andrew Robinson

---

– Yuri, qu'est-ce que tu connais aux armes ?
– Je sais de quel côté il vaut mieux se placer.
***Lord of War*** (2005), de Andrew Niccol avec Nicolas Cage, Ethan Hawke, Jared Leto

---

# L'abus d'alcool est dangereux pour la santé

Un type entre dans un bar et commande un whisky, l'avale cul sec, regarde une photo qu'il a dans sa poche et commande un autre verre. Il avale le second verre cul sec, regarde la photo qu'il a dans la poche et commande un troisième verre. Le barman le sert. Le type s'empare aussitôt du verre, le vide et regarde une nouvelle fois sa photo avant d'en commander un autre. Le barman finit par lui demander :

– Pourquoi vous regardez toujours cette photo avant de commander ?

– C'est la photo de ma femme…

– Oh ! pardon… Elle est morte ?

– Non, mais quand je la trouverai belle, je rentrerai chez moi.

---

Dans un bar, deux cow-boys sont attablés autour d'une bouteille de whisky.

– Tu vois le mec au bar, là-bas ? demande l'un.

– Lequel ? Il y en a six !

– Celui qui a une chemise à carreaux.

– Ils ont tous une chemise à carreaux !

– Celui qui porte un flingue à la ceinture.
– Mais ils sont tous armés.
– Ah ! ouais… Le mec qui boit du whisky.
– Ils boivent tous du whisky…
Le cow-boy sort alors son révolver et abat 5 mecs au comptoir.
– Voilà ! C'est le mec qui reste au comptoir. Tu le vois, maintenant ?
– Oui. Eh bien, qu'est-ce qu'il a ?
– Ben… lui, il a une tête qui me revient pas !

---

**Qu'est-ce qu'un couple fidèle pour un alcoolique ?**
C'est un whisky-Coca !

---

Un Belge et un Français sont au comptoir d'un bar. Le Belge en est à sa sixième bière. Le Français, qui boit un café, essaye de convaincre le Belge que l'alcool est dangereux pour la santé :
– Savez-vous que l'alcool tue près de 40 000 Français tous les ans ? lui explique-t-il.
– M'en fous, j'suis belge !

---

# Dictons à la con

Noël au balcon, enrhumé comme un con.

———

Qui pisse loin ménage ses chaussures.

———

On ne fait pas d'aveugles sans casser des yeux.

———

Pet sournois, pet putois.

———

Qui persévère n'ira pas à la pêche.

———

Pingouin au volant, mort au tournant.

———

Neige en novembre, Noël en décembre.

---

Qui sème du vent, joue de la trompette.

---

Si tes lentilles te font péter, porte des lunettes.

---

Pingouins dans les champs, hiver méchant.

---

Qui pisse contre le vent, se rince les dents.

---

Tempêtes en mer, t'en chies sur terre.

---

Verglas en avril, Tricosteril !

---

69 du midi, nettoyage des outils.

---

# Trop blondes

Dans un bureau, une blonde fait le cochon pendu, les jambes coincées dans une poutre au plafond. Le patron entre dans la pièce et s'écrie :
– Que faites-vous, pendue là-haut ? Descendez immédiatement !
Une autre blonde répond à sa place :
– C'est parce qu'elle se prend pour un lustre, monsieur…
– Quoi ?! Dites-lui de descendre !
– Bien monsieur, mais comment va-t-on faire pour s'éclairer ?

---

**Comment appelle-t-on l'action qui consiste pour une brune à se faire teindre en blonde ?**
Une lobotomie.

---

**Qu'est-ce qu'une blonde qui a bu beaucoup d'eau ?**
Une jolie gourde !

---

Une brune demande à une blonde :
– Pourquoi portes-tu toujours un casque ?
– Parce que j'ai les oreilles décollées !

———

Au restaurant :
– Vous avez des cuisses de grenouilles ? demande un client à la serveuse blonde.
– Non, je marche toujours comme ça !

———

Une brune à sa copine blonde :
– Tu connais le Pacifique ?
– Non. Je connais le présent, le futur, le passé…

———

Une blonde et une brune se promènent. Alors qu'elles s'apprêtent à longer un cimetière, la blonde se met à hurler…
– Hiiiii ! Faisons demi-tour, s'il te plaît !
– Mais pourquoi as-tu peur ? C'est à cause du cimetière ?
– Oui, il paraît que j'ai un cul à réveiller les morts !

———

# Hommes et femmes en blanc

Un homme se rend à l'hôpital et demande :
– Je voudrais me faire c… c… c…
– Castrer ?
– Oui !
Peu de temps après l'opération, un copain remarque qu'il marche les jambes écartées.
– Pourquoi tu marches ainsi ? On dirait que tu t'es fait circoncire !
– Ah voilà ! C'est le mot que je cherchais !

---

Dans un hôpital, un homme en blouse blanche entre dans une chambre et interroge le patient :
– Vous avez eu combien de fractures ?
– Six.
– Vous êtes là depuis combien de temps ?
– Douze jours.
– Savez-vous combien on vous a fait de points de suture ?

– Oui, vingt-huit. Dites, docteur, savez-vous dans combien de temps je sors ?
– Je ne suis pas docteur, je suis peintre ! Je fais ma grille de loto !

---

Une mère s'inquiète pour son fils et l'amène voir un psychiatre. Elle explique à ce dernier :
– Mon fils est trop renfermé sur lui-même, il a des blocages. Il bloque avec ses professeurs, il bloque avec ses camarades de classe, il bloque avec tout le monde.
Après une semaine de consultations quotidiennes, la mère téléphone au psychiatre et lui demande :
– Que se passe-t-il ? Mon fils bave, il se frappe la tête contre les murs, il hurle…
– Ne vous inquiétez pas, répond le psychiatre. Il est guéri : il débloque totalement !

---

Un homme se rend chez son médecin…
– Docteur, ça ne va pas du tout !
– Allons, allons ! Ne vous en faites pas, vous êtes solide comme un chêne !
– Oui mais… c'est du côté du gland que ça ne va pas.

---

# Les répliques de ciné

– Il a eu tort de se fâcher, mais vous avez eu tort de tricher…
– Écoutez, Monsieur Brun, si on peut pas tricher entre amis, c'est pas la peine de jouer aux cartes…
***Marius*** (1931), d'Alexander Korda et Marcel Pagnol avec Pierre Fresnay, Fernand Charpin, Raimu

———

– Votre femme est exquise, monsieur.
– C'est un avis très répandu. Peut-être finirai-je par m'y ranger.
***Massacre en dentelles*** (1952), d'André Hunebelle avec Raymond Rouleau, Anne Vernon, Bernard Lajarrige

———

– Sachez qu'on juge un homme à ses fréquentations.
– On a tort, Monseigneur. Judas avait d'excellentes fréquentations…
***Ridicule*** (1996), de Patrice Leconte avec Charles Berling, Jean Rochefort, Fanny Ardant

———

– Pour aller plus vite... vous allez prendre le mien qui ne marche pas, et moi, je vais prendre le vôtre. Allez hop !
– Mais dites donc ! Dites donc, ça fait deux fois que vous me faites ça... Vous m'avez déjà pris mes chaussures, maintenant mon vélo !
***La Grande Vadrouille*** (1966), de Gérard Oury avec Bourvil, Louis de Funès, Claudio Brook

———

– Il avait le cancer du fumeur. Et tu l'auras aussi.
– Tu m'as répété cent fois que je mourrais sur l'échafaud. Alors faudrait savoir ce que tu veux : le microbe ou le couperet !
***Mélodie en sous-sol*** (1963), d'Henri Verneuil avec Jean Gabin, Alain Delon, Viviane Romance

———

– Edwards, allez le mettre.
– Mettre quoi ?
– Le dernier costume de votre vie.
***Men in Black*** (1997), de Barry Sonnenfeld avec Will Smith, Tommy Lee Jones

———

# Atroces et bien dégueus

Un homme et une petite fille pénètrent dans un bois. La nuit tombe, les arbres projettent des ombres inquiétantes, des bruits angoissants encerclent les deux visiteurs…

– J'ai peur ! dit la petite fille en serrant la main de l'homme.

– Ne me dis pas ça, pense un peu à moi qui vais devoir rentrer tout seul !

---

Une femme rentre tard chez elle, monte directement dans sa chambre à coucher et découvre avec stupeur quatre pieds qui dépassent de la couette ! Elle s'empare alors de la batte de base-ball de son mari et se met à frapper violemment la couette jusqu'à ce qu'elle rougisse du sang des deux amants. Après son massacre, elle pose la batte de base-ball, descend au salon et découvre son mari allongé sur le canapé !

– Mais… qu'est-ce que… qu'est-ce que tu fais là ? balbutie la femme.

– Ah, tu es rentrée ? Ne fais pas de bruit. Tes parents ont débarqué à l'improviste, je leur ai laissé notre chambre !

---

Un homme mange en compagnie de sa femme le brochet qu'il avait pêché la veille. Manque de bol, une arête se coince dans sa gorge. Il s'étrangle, s'étouffe, sa femme panique. Arrive, sur ces entrefaites, sa fille de 18 ans accompagnée d'un garçon. Le jeune homme se précipite vers le père, plonge ses doigts dans sa gorge et parvient à lui retirer l'arête. Ouf ! le père respire enfin, reprend ses esprits, il est sauvé.
– Papa, que tu nous as fait peur ! s'écrie la fille. Devine qui est celui qui vient de te sauver la vie !
– Si j'en crois le goût de ses doigts, ce sera mon gendre !

---

**Qu'est-ce qui est noir, qui pue et qui contient 23 seins ?**
Le sac-poubelle d'un centre anticancéreux.

---

Hitler visite un camp de concentration et remarque une jolie petite fille…
– Quel âge as-tu ? lui demande-t-il.
– J'aurai 8 ans dans quelques mois, monsieur !
– Je te trouve très optimiste !

---

# Les hommes les femmes

Un homme qui n'a plus d'oreilles se rend chez un chirurgien s'en faire greffer une paire. Le chirurgien lui donne à choisir dans un catalogue les oreilles qu'il souhaite. Quelque temps après l'opération, l'homme revient voir le chirurgien.

– Docteur ! Je suis très content de mes oreilles. Avec, j'entends beaucoup mieux, mais il y a un gros problème…

– Lequel ? demande le docteur.

– J'entends mieux, mais… je ne comprends plus rien !

– Mince ! Je suis désolé… J'ai dû vous faire choisir vos oreilles dans le catalogue des femmes !

---

**Comment occuper un homme pendant des heures ?**

En le mettant devant la télé et en lui disant que c'est la mi-temps.

---

**Que se passerait-il si les femmes dirigeaient le monde ?**
Il n'y aurait plus de guerres, on se ferait juste la gueule...

---

**Quel est le point commun entre un homme et une crevette ?**
Tout dans la queue, rien dans la tête.

---

**Pourquoi la circoncision est-elle plus douloureuse qu'un accouchement ?**
Parce que des femmes ont accouché plusieurs fois et qu'aucun homme ne s'est fait circoncire deux fois.

---

**Quel est le point commun entre une femme et des chaussures ?**
Les deux se font enfiler par des pieds.

---

**Comment a-t-on découvert qu'il existait des hormones femelles dans l'alcool ?**
Parce qu'après quelques verres, plus aucun homme ne sait conduire.

---

# Perles de coiffeurs

***Il ne faut pas confondre le salon de coiffure avec une halte-garderie !***

– Je peux vous laisser mon fils ?

– Il y a déjà plus d'une heure d'attente…

– C'est pas grave ! Je repasse dans environ une heure et demie. Si vous avez pu les lui couper, c'est bien. Autrement, tant pis ! Il ne s'ennuie jamais avec vos jeux !

———

***Une cliente un peu trop magnanime…***

– Non, non ! Laissez, je vais passer le balai ! C'est quand même normal, ce sont mes cheveux qu'il y a partout !

———

***Une enfant roi…***

– Ma fille voudrait une coiffure de princesse.

– Quelle princesse ?

– Demandez-lui, faites comme elle voudra…

– D'accord, mais… si elle me dit Lady Di, c'est coupe et brushing ! Blanche-Neige, c'est carré et nœud rouge dans les cheveux !

———

***Cette coiffeuse à domicile a besoin de se relier au robinet d'eau pour laver les cheveux de sa cliente...***

– Je peux prendre l'eau au robinet ?

– Vous préférez pas un petit porto ?

———

***Les petites filles...***

– Ma fille aimerait une coiffure de princesse !

– Des cheveux jusqu'aux fesses, aussi volumineux qu'un gros oreiller, que ni l'eau ni le vent ne parviennent à décoiffer ? Je vais voir ce que je peux faire...

***... sont encore plus exigeantes que les grandes !***

– Elle voudrait être coiffée comme la Petite Sirène.

– Bah ! elle a raison, ça résiste à l'eau !

———

***Pour la rentrée des classes, les mamans aiment que leurs enfants se fassent beaux...***

– Vous lui faites une belle tête pour la rentrée !

– Pour la rentrer où ?

***Parfois, le coiffeur peut susciter des vocations...***

– Est-ce qu'il faut le bac pour devenir coiffeur ?

– Bien sûr ! Il faut avoir son bac à shampoing !

———

# Les copains, les copines

Pendant qu'une fille se pèse, sa copine lui lance, tout en rigolant :
– Ça ne sert à rien de rentrer le ventre quand tu te pèses !
– Si, à voir le cadran de la balance !

———

Un gars débarque à l'improviste chez un copain et lui demande l'hospitalité pour la nuit.
– Tu peux dormir dans le lit avec Bébé ou sur le canapé, comme tu préfères.
– Merci, c'est super sympa ! Je vais prendre le canapé pour ne pas réveiller bébé.
– Le lendemain matin, le gars se lève et va dans la salle de bains où il tombe nez à nez avec une superbe jeune femme nue...
– Euh... Excusez-moi, je... je ne savais pas que vous étiez là, balbutie-t-il.
– Ne t'inquiète pas ! répond la jeune fille, qui n'est pas pudique. Je m'appelle Sophie, mais tu peux m'appeler Bébé. Et toi, tu es qui ?
– Je suis le roi des cons !

———

Un type demande à un copain qui rentre de vacances :
– Alors, c'était sympa le camping ?
– Je te raconte pas, je me suis fait sucer tous les soirs !
– Par la même ?
– Non, plusieurs ! Je suis vidé là…
– Et tu les rencontrais où ?
– De quoi ? Les moustiques ?

———

Une fille reproche à sa copine de toujours se plaindre :
– Concentre-toi uniquement sur les choses positives ! lui conseille-t-elle.
– T'es super.
– Merci.
– Je voulais dire « t'es super chiante », mais je me concentre sur le positif…

———

La Saint-Valentin approche et une fille désespère d'avoir un petit copain d'ici là… Sa copine lui dit :
– Tu veux que je te donne un truc pour être certaine que l'on t'offre des fleurs le 14 février ?
– Oui !
– Meurs le 13 !

———

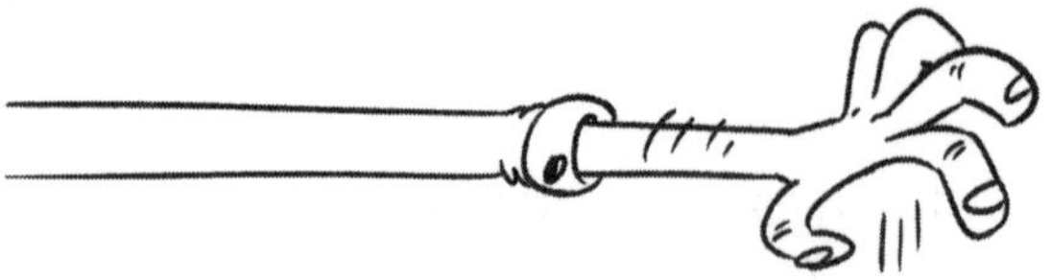

# Comment emmerder le monde

La protection de la planète et les économies d'énergie sont des questions qui vous concernent. C'est pourquoi, lorsque vous quittez une pièce, vous éteignez toujours la lumière. Surtout si des personnes y sont encore présentes !

---

Au cinéma, portez une casquette et relevez sa visière afin de masquer l'écran à la personne assise derrière vous…

---

Avant de quitter un taxi, n'oubliez pas de lui signifier : « La prochaine fois, je prendrai un VTC (voiture de transport avec chauffeur), c'est moins cher et ils sont plus aimables ! »

---

Vous êtes d'une terrible maladresse ! Vous détruisez malencontreusement les constructions en Kapla des enfants, envoyez en l'air les parties de Scrabble et d'échecs des adultes...

---

Présentez une douzaine d'huîtres à chacun de vos convives et mettez à leur disposition un petit Opinel pour les ouvrir. Offrez aussi des quartiers de citrons et n'oubliez pas de les piquer au dos avec une aiguille afin qu'ils giclent dans leurs yeux lorsqu'ils les presseront !

---

Composez un numéro de téléphone au hasard et faites croire à la personne que c'est elle qui vous appelle. Au bout du troisième appel, menacez-la de contacter la police !

---

Lorsque vous montez dans votre transport en commun et qu'il n'y a qu'une seule personne dedans, asseyez-vous à côté d'elle !

---

On trouve de tout sur Leboncoin. Surtout un tas de choses qui ne vous intéressent pas du tout. Alors contactez par mail et SMS leurs vendeurs pour tenter d'en obtenir le meilleur prix, sans aucune intention de les acheter...

---

# La ronde des métiers

**Déménageur**

Deux déménageurs empruntent les escaliers pour monter un piano jusqu'au $20^{e}$ étage. Au bout de trois heures d'efforts, l'un dit à l'autre :

– J'ai une bonne et une mauvaise nouvelle à t'annoncer ! La bonne, c'est que nous sommes au $19^{e}$ étage !

– Ouf ! Et la mauvaise ?

– La mauvaise, c'est qu'il n'y en a pas d'autre, ce qui signifie que nous nous sommes trompés d'immeuble !

---

**Employé communal**

Un Corse qui s'occupe de l'entretien d'un petit cimetière communal va voir le maire et lui annonce :

– Faut me trouver un autre travail, je ne veux plus bosser au cimetière !

– Mais pourquoi donc ?

– Ben… Je lis partout « Ici repose Untel », « Ici repose Machin »… En fait, il n'y a que moi qui travaille !

---

**Policier**

Un jeune homme passe des tests pour devenir policier. Le soir, il rentre chez lui et annonce fièrement à son père :

– J'ai été pris ! Je suis admis !

– Génial ! Les tests n'étaient pas trop durs ?

– Ah ! ben si, quand même !

– Qu'est-ce qu'ils ont demandé ?

– On m'a demandé combien faisait 3 × 6 ! J'ai répondu 15.

– Mais 3 × 6, ça fait 18 ! Pas 15 ?

– Peut-être mais… c'est moi qui étais le plus proche du résultat !

---

**Réceptionniste**

Un homme descend se plaindre à la réception d'un hôtel :

– Monsieur, ma femme voudrait se jeter par la fenêtre !

– Je suis désolé, monsieur, mais je ne m'occupe pas des problèmes personnels.

– Peut-être, mais la fenêtre ne s'ouvre pas et ça, c'est un problème de maintenance !

---

**Portier**

On ne dit pas : « un ouvre-boîte ». Mais on dit… « un portier de boîte de nuit » !

---

# Les questions connes

Un dentiste peut-il accepter que sa femme ait un mâle dedans ?

---

Quand tu payes ton lait par chèque, c'est un milk-chèque ?

---

Peut-on demander un arrêt de travail quand on fait une allergie au boulot ?

---

Quand on a de l'argent pour vivre jusqu'au 25 du mois, au-delà, c'est la faim du moi ?

---

Que peut-on transporter sur un diable, ses péchés ?

---

Quand on est malade après avoir mangé trop de chocolat de Pâques, c'est parce qu'on a une crise de foi ?

---

Quand un incendie ravage les forêts des Landes, est-ce que ça sent le pin grillé ?

---

Quand on est seule et malheureuse, peut-on guérir le mal par le mâle ?

---

Pourquoi se faire refaire les seins coûte-t-il la peau des fesses ?

---

Un pêcheur qui revient bredouille, il s'en *fish* ?

---

Une veste qui a beaucoup de pressions, faut l'amener chez le psy ?

---

Quand les pompiers tirent les rois, celui qui trouve la fève doit-il choisir six reines ?

---

# Trop blondes

Une blonde entre dans un magasin d'électroménager et demande au vendeur :
– Je souhaiterais acheter une machine qui nettoie les dessous-de-bras, s'il vous plaît !
– Comment ça ? fait le vendeur, abasourdi. Nous… nous n'avons pas de machines qui lavent les dessous-de-bras ?
– Mais si ! affirme la blonde. J'ai entendu dire que vous aviez des lave-aisselles !

---

Une blonde se confie à une amie…
– Un jour, j'ai fait l'amour au téléphone.
– C'était bien ?
– Non. Franchement, il était bien trop large !

---

Une blonde sort de chez son gynécologue. La copine qui l'attendait lui demande :
– Alors, tout va bien ?

– Pas trop, il m'a dit que j'avais quelque chose, je ne sais plus comment on dit... Ah oui ! Un christ aux ovaires !
– Ah merde ! Déjà que tu avais le diable au cul !

---

Une blonde se rend chez son médecin...
– Docteur, j'ai plein de boutons !
– Ah ? Où ça ?
– Là !
– Mais... ce sont ceux de votre chemisier !

---

**Pourquoi les séances de spiritisme ne marchent-elles pas avec les blondes ?**
Parce qu'avec elles, l'esprit n'est jamais là !

---

Attirée par la pancarte « Tailleurs élégants » d'une boutique, une blonde entre dans le magasin et choisit un tailleur, qu'elle essaye. Elle décide de l'acheter et, au moment de passer en caisse, elle demande à la vendeuse :
– Et les gants ?

---

# Blagues coquines

Un couple de Belges vient de se marier et passe sa toute première nuit ensemble. La femme se blottit contre son mari et lui dit :
– J'ai froid…
Le mari se lève, ferme la fenêtre, puis se recouche. Sa femme revient contre lui et réitère sa plainte…
– Brrrr… J'ai froid. Tu comprends donc pas ?
Le mari se relève et calfeutre le dessous de la porte d'entrée avant de revenir se coucher.
– Mais enfin, est-ce que tu sais que j'ai un trou ? lui dit sa femme énervée.
– Ah ? Mais alors c'est de là que vient le courant d'air !

---

**Qu'est-ce qu'il y a après 69 ?**
Deux bons bains de bouche !

---

Jane explique à Tarzan comment lui faire l'amour…
– Ce que tu as entre les jambes, lui explique-t-elle, c'est comme si c'était ton linge, et ce que j'ai entre les miennes, c'est la machine à laver. Tu mets ton linge

dans la machine, tu le remues, et lorsqu'il est essoré, tu le retires !
Tarzan suit les conseils de Jane et « lave son linge » plusieurs fois par jour. N'en pouvant plus, Jane finit par lui demander d'arrêter ses lessives pendant quatre ou cinq jours, le temps de réparer le tambour... Quinze jours plus tard, Tarzan n'a toujours pas relavé son linge. Jane s'en inquiète...
– Tarzan, tu n'as pas un peu de linge à laver ? La machine est libre, tu sais !
– Non. Tarzan faire maintenant linge à la main !

---

Un motard rentre chez lui tout fier de la nouvelle paire de bottes qu'il vient d'acheter.
– Tu ne remarques pas quelque chose de nouveau sur moi ? demande le motard à sa femme.
– Non, pourquoi ?
Vexé, le motard part se déshabiller et revient à poil, uniquement chaussé de ses nouvelles bottes.
– Et maintenant ? Tu ne remarques rien de nouveau ?
– Bah non ! Elle pendait hier et elle pend encore aujourd'hui.
– Si elle pend, c'est parce qu'elle regarde mes nouvelles bottes !
– Ah ? Alors t'aurais mieux fait de t'acheter un casque !

---

# Mots d'esprit

« La famille ! Impossible de vivre avec, et impossible de naître sans. »

**Allan Gurganus**

---

« Le champignon le plus vénéneux et sûrement le plus dangereux, c'est celui qu'on trouve sur le plancher des voitures… »

**Coluche**

---

« Rien n'est plus voluptueux pour un pas-con que d'être pris pour un con par un con. »

**Frédéric Dard**

---

« Les petits sont à plaindre car ils sont toujours les derniers à savoir quand il pleut. »

**Pierre Desproges**

---

« Bien dire fait rire, bien faire fait taire. »

**André Dacier**

---

« L'ennui dans ce monde, c'est que les idiots sont sûrs d'eux et les gens sensés pleins de doutes. »

**Bertrand Russel**

---

« Le travail est l'opium du peuple et je ne veux pas mourir drogué. »

**Boris Vian**

---

« Tout arrive à qui sait attendre. La mort, par exemple. »

**Bradley**

---

« De tous ceux qui n'ont rien à dire, les plus agréables sont ceux qui le font en silence. »

**Chamfort (Sébastien-Roch Nicolas de)**

---

« Aucun cheval de course n'est capable de filer aussi vite que l'argent qu'on a misé sur lui. »

**Coluche**

---

# Les plus courtes sont les meilleures

Un type se confie à un copain…
– De toute façon, mon père, c'était un branleur !
– Pourquoi dis-tu cela ?
– Parce que je suis un bébé-éprouvette !

---

Une femme à son mari :
– J'ai envie de toi…
– Tu veux un beau mal viril contre toi ?
– Non, j'ai envie de toi, pas d'un autre !

---

Un aveugle et un manchot se promènent dans un verger.
– Ça sent bon les pommes ! dit l'aveugle.
– Attrape-m'en une ! demande-t-il au manchot.
– Pas de problème, montre-moi celle que tu veux !

---

Un couple de Français s'assoit malencontreusement sur des cactus et se met à hurler. Des touristes anglais accourent à leurs secours et leur demandent :
– *Do you speak English ?*
Et la femme leur répond :
– On s'pique l'cul !

---

Pendant l'entracte d'une pièce de théâtre, deux hommes se retrouvent côte à côte face aux urinoirs. L'un engage la conversation :
– Belle pièce !
– Mais je vous en prie, regardez devant vous !

---

Deux fantômes se promènent lorsque soudain l'un d'eux se met à hurler :
– Ouuuuuh ! ! !
– Tu crois peut-être me faire peur ? lui demande le second.
– Non, je me suis cogné !

---

Un chauve croise un bossu.
– Qu'est-ce que tu transportes dans ton sac à dos ? lui demande le chauve.
– Des peignes pour tes cheveux !

---

# Ces chères têtes blondes

Un enfant demande à sa maman :
– Il est en quelle classe, papa ?
– Papa ? Mais il y a longtemps que papa ne va plus à l'école ! Pourquoi ?
– Parce que l'autre jour, je l'ai entendu dire au téléphone : « Demain, je vais voir ma maîtresse ! »

---

Un père annonce à son fils de 5 ans que la famille va bientôt s'agrandir :
– Dans quelques mois, lui explique-t-il, une cigogne va passer au-dessus de la maison. Sais-tu ce qu'elle va t'amener ? Un petit frère ou une petite sœur !
– Ben… Je te conseille de prévenir maman, alors !
– Oui, pourquoi ?
– Parce qu'elle est enceinte !

---

Une maman demande à sa fille de 7 ans :
– Tu as fait tes devoirs ?
– J'peux pas, je suis en période.

– Qu'est-ce que tu racontes ? Fais tes devoirs, s'il te plaît !
– Non, je suis en période !
– Mais qu'est-ce que ça veut dire « je suis en période » ?
– J'sais pas… C'est ce que dit la nounou quand papa l'embête.

---

Un enfant dont la maman est enceinte demande à cette dernière :
– Pourquoi tu as un gros ventre ?
– Parce que dedans, tu as un petit frère ou une petite sœur…
– Et tu l'as avalé comment ?

---

Un enfant qui a surpris ses parents en train de faire l'amour attend le petit déjeuner pour leur demander :
– Vous pouvez m'expliquer quelque chose ?
– Oui, répond la maman.
– Pourquoi c'est toi qui suces et papa qui dit que c'est bon ?

---

# Monsieur et Madame…

Monsieur et Madame **Moitou** ont une fille.
Comment l'appellent-ils ?
Salomé. (Salaud, mets-moi tout !)

---

Monsieur et Madame **Houaconar** ont un fils.
Comment l'appellent-ils ?
Bart. (Barre-toi, connard !)

---

Monsieur et Madame **Hultou** ont une fille.
Comment l'appellent-ils ?
Jeanne. (J'annule tout.)

---

Monsieur et Madame **Imoinlkar** ont un fils.
Comment l'appellent-ils ?
Hamid. (À midi moins le quart.)

---

Monsieur et Madame **Eurktumèmeu** ont une fille.
Comment l'appellent-ils ?
Odile. (Oh, dis-leur que tu m'aimes !)

---

Monsieur et Madame **Fairpeur** ont une fille.
Comment l'appellent-ils ?
Léa. (Laid à faire peur.)

---

Monsieur et Madame **Truan** ont un fils.
Comment l'appellent-ils ?
Tony. (Tonitruant)

---

Monsieur et Madame **Faitovillage** ont une fille.
Comment l'appellent-ils ?
Sheila. (C'est la fête au village !)

---

Monsieur et Madame **Fémal** ont une fille.
Comment l'appellent-ils ?
Aïcha. (Aïe ! Ça fait mal !)

---

# Drôles de couples

Un homme rentre à l'improviste et découvre sa femme au lit…
– Tu as un amant, j'en suis sûr ! Où est-il que je lui pète la gueule ?
– Mais je n'ai pas d'amant !
– Oh que si ! Je vais le trouver et je vais lui faire bouffer ses dents, à cet enfoiré !
L'homme regarde sous le lit et dit :
– Non, il n'est pas là…
Il regarde derrière les rideaux :
– Il n'est pas là…
Il ouvre la porte de la salle de bains :
– Pas là…
Il ouvre la porte du placard, découvre un grand Noir baraqué et dit :
– Ah ben non, il n'est pas là non plus…

Un homme qui soupçonne sa femme de le tromper rentre plus tôt que prévu d'un voyage d'affaires afin de la prendre en flagrant délit d'adultère… Il entre sur la pointe des pieds dans la chambre à coucher, allume la

lumière, tire la couette du lit et constate que sa femme est bien couchée avec un homme ! Il sort alors un pistolet de sa poche et le pointe vers l'amant.
– Pitié, ne tire pas ! supplie la femme. Je vais te dire toute la vérité ! L'héritage de ma tante Simone, c'était totalement faux ! C'est lui qui a acheté notre villa au bord de la mer ! Et puis aussi la nouvelle voiture ! Et qui paye aussi nos vacances, et nos impôts !
Le cocu, qui tient l'arme dans une main et la couette dans l'autre, tend cette dernière à l'amant et lui dit :
– Couvrez-vous, vous allez prendre froid.

---

Une femme de ménage va voir la maîtresse de maison et lui annonce :
– Je veux une augmentation !
– Comment osez-vous demander cela ? Pour quelles raisons vous augmenterais-je ?
– Eh bien... parce que je fais mieux la cuisine que vous !
– Qui vous a dit cela ?
– C'est votre mari.
– Et puis... je repasse mieux le linge que vous !
– Qui vous a dit cela ?
– C'est votre mari.
– Et puis... je fais mieux l'amour que vous !
– Qui vous a dit cela ?
– C'est le jardinier.
– Ah ? De combien souhaitez-vous être augmentée ?

---

# Contrepèteries

Pendant que les abbés se taisent, les athées se battent !
Pendant que les athées se baisent, les abbés se tâtent !

---

Que diriez-vous d'une dotation du roi ?
Que diriez-vous d'une rotation du doigt ?

---

Elle déteste les ridicules.
Elle déride les testicules.

---

Elle scrute le gars.
Elle s'gratte le cul.

---

Il faut être peu pour bien dîner.
Il faut être deux pour bien piner.

---

Je suis arrivé à Béziers la veille.
Je suis arrivé à baiser la vieille.

---

Le Caire est noir de monde.
Le con est noir de merde.

---

Il le dit à deux femmes.
Il le fit à deux dames.

---

Tu imagines le monde conique ?
Tu imagines le con de Monique ?

---

Tu mets ta casquette ?
Tu masses ta quéquette ?

---

Venez voir les sites autour de mon balcon.
Venez voir les bites autour de mon sale con.

---

# Devinettes

**Qu'a déclaré Jules César avant d'envahir la Gaule ?**
« On va en venir romains… »

—

**Quelle différence y a-t-il entre un champignon et un sexe ?**
Les champignons n'ont pas de sexe, l'inverse n'est pas toujours vrai.

—

**Quelle différence y a-t-il entre celui qui roule en Porsche et celui qui roule dans une vielle Citroën ?**
L'un fait chauffer la Gold ; l'autre, c'est la Visa qui chauffe.

—

**Pourquoi les Gaulois ne portaient-ils pas de gants ?**
Parce qu'ils ne craignaient pas l'air aux mains !

—

**Pourquoi faut-il emprunter de l'argent aux pessimistes ?**
Parce qu'ils ne s'attendent pas à le récupérer.

---

**Lorsqu'un enfant naît prématuré, quels sont les facteurs pouvant expliquer cela ?**
Stéphane, Antoine, Bernard, Dylan, Thomas…

---

**Que faire pour toujours avoir un ventre plat à la plage ?**
Rester allongé !

---

**Quel est le problème avec les filles qui couchent dès le premier soir ?**
C'est de les trouver !

---

**Que demande un musicien avant de faire l'amour à sa femme ?**
Je peux jouer avec ton cor ?

---

# On ne dit pas

On ne dit pas « incarcéré », mais on dit : « un bus bondé ».

---

On ne dit pas « Je suis halluciné », mais on dit : « Je me suis fait une toile. »

---

On ne dit pas « Je suis hétérosexuel », mais on dit : « Je suis allé dans un peep-show. »

---

On ne dit pas « Je suppute », mais on dit : « Je suis péripatéticienne. »

---

On ne dit pas « Je tripote », mais on dit : « J'ai trois copains. »

---

On ne dit pas : « Le processus de paix est en marche », mais on dit : « Ouvrez vite les fenêtres ! »

---

On ne dit pas « mine de rien », mais on dit : « gisement épuisé ».

---

On ne dit pas « une cheffe de cabinet », mais on dit : « une dame pipi ».

---

On ne dit pas « un café au lait », mais on dit : « un toréador ».

---

On ne dit pas « J'ai lu Descartes ! », mais on dit : « J'ai fait une partie de belote ! »

---

On ne dit pas « Il est sanglant », mais on dit : « Ce type n'a pas de sexe. »

---

On ne dit pas « le Gascon », mais on dit : « Quel idiot, ce type ! »

---

# Trop blondes

Une blonde se rend dans une maternité où une amie vient d'accoucher de jumeaux. Le papa est auprès de la maman et la blonde complimente cette dernière :
– Tu as fait deux beaux bébés ! Qu'ils sont mignons ! Vraiment, je te félicite !
Elle se tourne alors vers le père et le félicite à son tour :
– Bravo à vous aussi ! Lequel des deux est le vôtre ?

---

**À quoi reconnaît-on une lesbienne blonde ?**
Elle préfère les hommes !

---

Une blonde et un Belge se promènent dans la rue et tombent face à un chien qui est en train de se lécher les couilles.
– J'aimerais bien faire ça... dit malicieusement la blonde en regardant le Belge.
– Tu veux que je te le tienne ? lui répond ce dernier.

---

Une blonde sort d'un rendez-vous de chez le gynécologue. Sa mère, qui l'attendait, lui demande :
– Alors ? Tu es bien enceinte ?
– Oui.
– Et depuis combien de temps ?
– Depuis sept semaines.
– Qui est le père ?
– Ah ça, il ne m'a pas dit !

---

Une brune à sa copine blonde :
– Alors, ton nouveau mec, il est bien ?
– Oh oui ! Il est génial ! Je l'adooore ! Je veux passer toute ma vie avec lui, je veux qu'il soit le père de mes enfants et de mes petits-enfants !

---

Une blonde se rend au guichet d'une gare SNCF et demande :
– Donnez-moi un billet pour la Bretagne, s'il vous plaît !
– Où souhaitez-vous aller plus exactement ?
– N'importe où, choisissez pour moi !
– Dinard ? Dinan ?
– Nard, nan.

---

# Dieu & Co.

**Noms et traits de caractère des mères et sœurs du couvent Tral :**
La mère Cure a des sous-vêtements qui font monter la température.
La mère Idional est la spécialiste de la soupe au pistou.
La sœur Charge a un excédent de poids.
La sœur Gelé est aussi aimable qu'un frigo.
La sœur Tie est de secours.
La sœur Vicale a des problèmes de lombaires.

---

Dans un couvent, deux religieuses croisent leur mère supérieure. Cette dernière semble de très mauvaise humeur et ne leur adresse même pas la parole ! L'une des deux sœurs dit alors à l'autre :

– Mère supérieure a dû se lever du pied gauche, ce matin !

– Je ne sais pas si elle s'est levée du pied gauche, lui répond l'autre, mais une chose est certaine : elle s'est levée du mauvais côté du lit !

– Du mauvais côté du lit ? Comment ça ?

– Parce qu'elle porte les chaussures du père François !

---

**Noms et traits de caractère des mères et sœurs du couvent Touse :**

La mère Cantil vend le vin de la paroisse.
La mère Deuse vide ses intestins n'importe où.
La mère Lue sent le poisson pas frais.
La sœur Émonie prépare les messes.
La sœur Ingue troque de la dope.

---

Dans un confessionnal, un homme avoue au prêtre :

– Mon père, je suis amoureux d'elle…
– Alors, épouse-la, mon fils.
– Je n'ose pas lui demander…
– Ose, mon fils !
– Oui, mais je ne suis pas certain de l'aimer.
– Alors ne dit rien, mon fils.
– Pourtant, il me semble bien l'aimer…
– Alors, dis-le-lui !
– Oui, mais je n'ose pas…
– Ose, mon fils !
– Et si je ne l'aimais pas ?
– Il faut te convertir à la religion juive, mon fils…
– Me convertir ?
– Oui ! Comme ça, tu ne m'emmerderas plus et tu iras voir le rabbin !

---

# Les répliques de ciné

– J'ai des envies d'voyages… L'Océanie, Bora-Bora, les vahinés… Tu connais ?
– Pourquoi ? Tu veux m'emmener ?
– On n'emmène pas des saucisses quand on va à Francfort.
– Tu pourrais dire « une rose quand on va sur la Loire »… Question d'termes…
***Le Pacha*** (1968), de Georges Lautner avec Jean Gabin, Dany Carrel, André Pousse

---

– Y a pas assez de mousse !
– Oui, mais… y a pas assez de cheveux non plus !
***La Folie des grandeurs*** (1971), de Gérard Oury avec Louis de Funès, Yves Montand, Alice Sapritch

---

– Je repasserai plutôt à l'occasion…
– C'est cela, repassez plutôt à ce moment-là !
***Le père Noël est une ordure*** (1982), de Jean-Marie Poiré avec Anémone, Marie-Anne Chazel, Thierry

Lhermitte, Gérard Jugnot, Josiane Balasko, Christian Clavier

---

– Tes mains sont faites pour bénir, non pour frapper.
– Les mains sont faites pour bénir, mais les pieds…
***Le Petit Monde de don Camillo*** (1952), de Julien Duvivier avec Fernandel, Gino Cervi, Vera Talchi

---

– Vous avez un mandat, au moins ?
– Vous vous gourez d'uniforme, j'suis pas facteur !
***Pinot simple flic*** (1984), de Gérard Jugnot avec Gérard Jugnot, Patrick Fierry

---

« Les relations, c'est pas des gilets pare-balles. »
***Flic ou Voyou*** (1979), de Georges Lautner avec Jean-Paul Belmondo, Michel Galabru, Marie Laforêt, Jean-François Balmer

---

« Ça glousse comme une volée de pucelles dans un dortoir ! »
***Reservoir Dogs*** (1992), de Quentin Tarantino avec Harvey Keitel, Michael Madsen, Tim Roth, Steve Buscemi, Quentin Trantino

---

# Humour noir

À l'hôpital, un chirurgien a annoncé à un homme que l'on allait devoir l'amputer d'un bras. Quelque temps plus tard, l'opération se déroule et le médecin vient au chevet de son patient qui est en train de se réveiller. Il a une mauvaise et une bonne nouvelle à lui annoncer…

– La mauvaise nouvelle, lui dit-il, c'est que nous nous sommes trompés et que nous vous avons amputé des deux jambes au lieu du bras…

– Ahhhhhhhhhh ! Noooooon !

– Calmez-vous, j'ai une très bonne nouvelle ! Votre bras semble aller beaucoup mieux. Aussi, je pense que vous avez de grandes chances de conserver vos deux bras pour pousser les deux roues de votre futur fauteuil roulant. C'est quand même bien pratique si on ne veut pas tourner en rond !

---

**Quel point commun y a-t-il entre une belle-mère et une pomme de terre germée ?**

C'est mieux dans la terre !

---

Un homme qui vient de se faire amputer d'un bras décide de se suicider. Il ouvre la fenêtre de son appartement qui se situe au cinquième étage et, au moment où il s'apprête à sauter, il aperçoit en bas de l'immeuble un manchot en train de danser ! L'homme comprend qu'il s'agit d'un signe du destin. Il ferme sa fenêtre et descend aussitôt en bas de chez lui parler au manchot...

– C'est extraordinaire ! Vous venez de me sauver la vie ! Vous m'avez redonné goût à la vie !

– Comment ça ? fait le manchot étonné tout en continuant à danser.

– Eh bien, figurez-vous que je déprimais parce que je me suis fait amputer d'un bras. J'allais sauter par la fenêtre et je vous vois, sans vos deux bras, heureux et en train de danser !

– Si je danse, répond le manchot, c'est parce que je ne peux pas me gratter les couilles !

---

**Top 5 des dernières paroles que vous entendrez peut-être juste avant de passer l'arme à gauche :**

5) Tu es un peu pâlot ce matin...

4) Reste ici, l'arbre va tomber de l'autre côté.

3) Nous sommes aux urgences, monsieur, et vous n'êtes pas le seul à avoir mal !

2) N'ayez pas peur, il aboie mais il ne mord pas !

1) C'est ton baptême de l'air ?

---

# Les hommes les femmes

**Comment faire aboyer une vache?**
En ne rentrant chez soi que très tard dans la nuit.

---

**Quel est le point commun entre un homme et une tasse de café?**
Ça tape sur les nerfs!

---

**Quelles sont les trois choses qu'un homme est incapable de faire?**
Admettre une erreur, ne pas s'endormir après l'amour et demander son chemin quand il est perdu!

---

Les hommes sont comme le café…
Les meilleurs sont riches, chauds, et peuvent vous maintenir éveillée toute la nuit!

---

**Que peut-on dire d'un homme attaché avec des menottes ?**
Qu'il peut enfin mériter la confiance d'une femme !

---

**Pourquoi seulement 3 % des hommes vont-ils au paradis ?**
Parce que plus, ce serait l'enfer !

---

**Pourquoi les hommes aiment-ils les femmes belles et intelligentes ?**
Parce que les contraires s'attirent toujours…

---

**Que peut-on dire d'un homme avec une moitié de cerveau ?**
Qu'il a été gâté par la nature…

---

**Qu'est-ce qu'un homme intelligent, sensible et beau ?**
Une rumeur !

---

# Toc toc toc

**Toc-toc-toc !**
– Qui est là ?
– Ava…
– Ava qui ?
– Ava s'aimer, à toucher le ciel, se séparer, à brûler nos ailes, se retrouver comme les hirondelles, on va s'aimer…
**Gilbert Montagné – *On va s'aimer***

---

**Toc-toc-toc !**
– Qui est là ?
– Ted et Bill…
– Ted et Bill qui ?
– Ted et Bill ou quoi ? Ouvre, c'est moi !

---

**Toc-toc-toc !**
– Qui est là ?
– Kate…
– Kate qui ?

– *Kate on me, Take me on, I'll be gone in a day or two…*
**A-Ha – *Take On Me***

---

**Toc-toc-toc !**
– Qui est là ?
– Alain…
– Alain qui ?
– Alain'térieur, il doit faire moins froid que dehors !

---

**Toc-toc-toc !**
– Qui est là ?
– Jack, Laure …
– Jack, Laure qui ?
– Jack Laure *white… It's black, it's white, it's tough for you, to get by, it's black, it's white, whoo !*
**Mickael Jackson – *Black or White***

---

**Toc-toc-toc !**
– Qui est là ?
– Hafida…
– Hafida qui ?
– Hafida, j'ai envie de danser comme toi, de m'offrir à ta loi, Africa…
**Rose Laurens – *Africa***

---

# Devinettes

**Qu'y a-t-il de pire que de parler la bouche pleine ?**
Parler la tête vide !

---

**Pourquoi ne faut-il pas manger de chevreuil pour préserver la planète ?**
Parce que ça donne des gaz à effet de cerf !

---

**Quelle pierre a le plus de pouvoir et pourquoi ?**
Le parpaing. Dans la gueule d'un con !

---

**À quel moment une poule a-t-elle le plus de plumes sur le dos ?**
Lorsque le coq la monte !

---

**À quoi reconnaît-on un concierge belge ?**
C'est celui qui nettoie l'ascenseur à tous les étages…

---

**Qui a inventé le système de l'engrenage ?**
Un Chinois.
**Et qui a inventé le chant tyrolien ?**
Le même Chinois en se coinçant la peau des couilles dans l'engrenage.

---

**Pourquoi les Françaises n'accouchent-elles que par césarienne ?**
Parce que les Français ont la grosse tête !

---

**Qu'est-ce qui porte des lunettes et pourtant ne voit pas ?**
Le nez.

---

**Comment appelle-t-on un bossu qui n'a plus de jambes ?**
Un cul-de-jatte.
**Comment appelle-t-on un bossu qui n'a plus de bras ?**
Un manchot.
**Et comment appelle-t-on un bossu sans bras ni jambes ?**
Une madeleine !

---

# Comment se débarrasser des cons

**La méthode radicale**

Les graines de cons… est-ce que ça pousse ? La culture de l'inculture est-elle possible ? Et dans quel sens faut-il les semer ? Comme personne n'a encore complanté, tentez l'expérience en enfouissant dans la terre un con jusqu'au cou, et un autre, tête vers le bas. Exposition : plein soleil. Conseil d'arrosage : ne pas arroser.

---

**Le casse-pieds**

Écrasez les orteils des casse-pieds, ce n'est qu'un juste retour des choses ! Quant aux casse-couilles, faites ce que bon vous plaira…

---

**La méthode radicale**

Votre voisin est un con, c'est pourquoi personne ne s'étonnera qu'il soit mort connement, que le gros pot de fleurs que vous aviez sur le rebord de votre fenêtre lui soit tombé sur la tête…

---

**Le pot de colle**
Apprenez à jouer *Au clair de la lune* sur les touches du combiné de votre téléphone fixe. La prochaine fois qu'un démarcheur téléphonique vous appelle, jouez-lui ce petit air…

---

**La méthode radicale**
Servez-lui un Mortroto. C'est un cocktail qui ressemble beaucoup au Mojito, mais dans lequel le rhum est remplacé par de l'arsenic ou du cyanure, selon la recette…

---

**Comment soigner un con ?**
Mettre un con sous perfusion de glyphosate ne pourrait-il pas le guérir de sa connerie ? On ne sait pas, jusqu'à présent, personne n'a encore osé essayer…

---

**Le cadeau anti-cons**
Offrez-lui une douzaine d'huîtres mortes depuis une quinzaine de jours. S'il vous demande pourquoi elles sont vertes, expliquez-lui que c'est parce qu'elles sont bio.

---

# La ronde des métiers

**Magicien**

Un SDF fait rôtir un pigeon à la broche au-dessus d'un vieux fût. Il raconte à un comparse :

– Hier, un magicien a déposé un billet de 100 euros dans ma casquette !

– Putain, t'as du bol, toi !

– Bof, pas trop… Quand j'ai voulu le prendre dans la casquette, il avait disparu et j'ai sorti une colombe…

---

**Scientifique**

Trois scientifiques, un Anglais, un Français et un Belge, ont une discussion.

– Pour moi, dit l'Anglais, la chose la plus rapide au monde est la lumière. Rien ne peut battre la vitesse de la lumière !

– Si ! affirme le Français. La chose la plus rapide au monde, c'est la pensée ! La pensée est immédiate, donc plus rapide que la lumière !

La Belge prend la parole à son tour :

– Vous dites n'importe quoi ! La chose la plus rapide au monde, c'est la diarrhée ! Tu n'as pas le temps d'allumer la lumière et tu n'as pas le temps de penser que tu es déjà dans la merde !

---

**Dentiste**

Une femme se rend chez son dentiste...

– Docteur, je me suis cassé une dent en croquant la fève...

– Alors vous avez droit à une couronne !

---

**Policier**

Un policier arrête un véhicule qui est passé au rouge...

– Police nationale, vos papiers, s'il vous plaît !

– Qu'est-ce que j'ai fait ? demande l'automobiliste.

– Vous êtes passé au rouge !

– Ah bon ? Excusez-moi, monsieur l'agent, mais le feu rouge est placé devant un arbre vert et comme je suis daltonien...

– Et alors ? En Daltonie on passe peut-être au rouge, mais pas en France !

– Mais monsieur l'agent, la daltonie n'est pas un pays !

– Vous vous moquez de moi ? Je sais très bien que ce n'est pas le pays, c'est la capitale !

---

# Les questions connes

Celui qui est pour la paix… déménage ?

Des acteurs comme Noiret et Blanc, ils ont fait des films en couleurs ?

Une sortie condamnée peut-elle faire appel ?

La pénibilité au travail… les plombiers syphons ?

Adam est parti… Everest ?

Vouloir lutter contre la perte de cheveux, c'est peigne perdu ?

Se faire agresser en forêt, ça sort des sentiers battus ?

---

Une religion de paix, ça sent mauvais ?

---

Le vol en Inde, est-ce un Delhi ?

---

Quand on vole tes cigarettes, on vapoter plainte ?

---

Le Pérou, ça sent très mauvais ?

---

Faire un déménagement sans diable, c'est l'enfer ?

---

Pendant la période de Noël, les sapins se vendent comme des petits pins ?

---

Le bâillement est communicatif, pourquoi l'envie de faire l'amour ne l'est pas ?

---

# L'abus d'alcool est dangereux pour la santé

Dans un bar, un type s'approche du barman et lance :
– Je te parie 300 euros que je peux poser un verre sur le bar et pisser dedans sans mettre une seule goutte à côté !
Le barman réfléchit un instant et estime que le pari est impossible à tenir…
– O.K. ! À la moindre goutte à côté, tu me payes 300 balles !
Le barman pose alors un petit verre sur le comptoir. Le mec sort ensuite son sexe et commence à pisser. Bien entendu, il en fout partout ! Le barman est mort de rire…
– Ah ! Ah ! Ah ! Tu me dois 300 euros, mec ! Qu'est-ce qui t'as pris de faire un pari aussi con ?
– Tu vois les quatre mecs assis là-bas ?
– Oui…
– Eh bien, j'ai parié avec eux 600 euros que je pisserais sur ton bar et que tu rigolerais comme un con !

---

Deux SDF complètement bourrés cherchent un endroit où passer la nuit.
– On n'a qu'à dormir contre cet arbre, là ! dit l'un.

– T'es fou ? La nuit, les mecs roulent bourrés et ils s'encastrent dans les arbres ! On ferait mieux de dormir au milieu de la route !
Les deux SDF se couchent donc au milieu de la route… Cinq minutes plus tard, une voiture arrive et fonce sur eux. Au dernier moment, le conducteur donne un brusque coup de volant pour les éviter et s'encastre dans l'arbre…
– Tu vois, on a bien fait de se mettre là ! dit le clochard.

---

Au milieu de la nuit, un homme rentre chez lui complètement saoul et se couche tout habillé. Après avoir laissé son mari faire la grasse matinée, sa femme lui porte le petit déjeuner au lit…
– Tu vas bien, mon amour ? lui demande-t-elle d'une petite voix.
– Euh… oui.
– Tu n'as pas la migraine ?
– Ben… un peu, mais ça va. Pourquoi es-tu gentille avec moi ? s'étonne le mari. Je suis rentré saoul à 5 heures du matin et tu es toute douce avec moi ?
– Quand tu t'es couché, explique sa femme, j'ai voulu me blottir contre toi, j'avais froid. Et tu as crié : « Dégage de là, salope ! J'suis marié ! »

---

# Parents épuisés

Dans un grand magasin, au moment des soldes, une femme vêtue uniquement d'un chemisier et d'une petite culotte blanche arrive en courant à la caisse. Tout le monde se retourne et dévisage l'exhibitionniste. La femme demande à la caissière :
– On ne vous aurait pas rapporté une jupe avec deux enfants accrochés après ?

---

**Quelles sont les lettres de l'alphabet que les parents utilisent le plus ?**
O, B, I, C !

---

**Pourquoi les enfants sont-ils de plus en plus terribles ?**
Rien d'étonnant à cela ! À force d'écouter les histoires de Cendrillon qui ne rentre pas avant minuit, de Tarzan qui vit à poil, d'Aladin le roi des voleurs, de Pinocchio le menteur, de Batman qui conduit au-delà des vitesses autorisées, de Blanche-Neige qui a sept mecs…

---

À table, deux enfants regardent avec suspicion le plat de lapin que la maman vient de déposer sur la table…
– C'est quoi ? demandent-ils.
– Taisez-vous et mangez ! dit leur mère en les servant.
Les enfants commencent à manger prudemment…
L'un d'eux redemande à son père :
– C'est quoi ?
– Tu aimes ?
– J'sais pas… C'est quoi ?
– Je vais te faire deviner ! dit le papa. Ta maman m'appelle comme ça…
Le frère se met alors à cracher dans son assiette et hurle à son frère :
– Crache ! Crache ! C'est du trou du cul !

---

Un petit garçon dit à sa maman…
– Je me demande bien ce que je vais avoir à Noël ! Ça me tarde !
– Tu sais ce que c'est, Noël ?
– Oui, c'est quand le père Noël passe !
– Noël, reprend la maman, c'est l'anniversaire du petit Jésus.
– Ah ?
– Eh oui ! Ce n'est pas toi, le petit Jésus ?
– Non.
– Donc… pas de cadeau !

---

# Mots d'esprit

« Être neutre, c'est profiter des embarras des autres pour arranger ses affaires. »

**Denis Diderot**

« Les automobilistes du dimanche baisent comme ils conduisent : pas assez souvent, trop vite et sans assurance. »

**José Artur**

« Dieu, en créant l'homme, a quelque peu surestimé ses capacités. »

**Oscar Wilde**

« Plus tôt vous serez en retard, plus vous aurez de temps pour rattraper votre retard. »

**Steven Wright**

« La famille est un ensemble de gens qui se défendent en bloc et s'attaquent en particulier. »

**Diane de Beausacq**

---

« L'argent, c'est comme les femmes, il faut s'en occuper un peu, sinon il va faire le bonheur de quelqu'un d'autre. »

**Édouard Bourdet**

---

« Les familles, l'été venu, se dirigent vers la mer en y emmenant leurs enfants, dans l'espoir, souvent déçu, de noyer les plus laids. »

**Alphonse Allais**

---

« Patience : forme mineure de désespoir, déguisée en vertu. »

**Ambrose Bierce**

---

« On appelle "famille" un groupe d'individus unis par le sang et brouillés par des questions d'argent. »

**Édouard Rey**

---

# Les belles-mères

**Comment appelle-t-on une truie qui met bas une vache ?**
Belle-maman !

---

Un marin rentre chez lui après plusieurs mois passés en mer. Il pénètre sans bruit dans sa chambre. Sa femme dort encore… Toujours dans l'obscurité, il se glisse sous les draps et fait l'amour à sa femme. Puis, il se lève et descend se restaurer dans la cuisine. Et là, stupeur ! Il découvre sa femme attablée en train de déjeuner.
– Chéri ! Tu es rentré ? s'étonne-t-elle.
– Que… qu'est-ce que tu fais là ? On vient de faire l'amour dans la chambre !
– Quoi ? C'est ma mère qui s'est installée dans notre chambre depuis ton départ !
– Hein ?
– Tu as fait l'amour avec maman ?
La femme monte en courant voir sa mère et hurle :
– Pourquoi tu n'as rien dit ?!

Et la mère lui répond :
– Tu plaisantes ou quoi ? Ça fait vingt ans que je ne parle plus à cet abruti !

---

**Quel point commun y a-t-il entre la crème solaire et sa belle-mère ?**
Faut se la tartiner !

---

Un jeune homme annonce brutalement à sa mère qu'il a l'intention de se marier et donc de quitter le foyer familial. Afin de « torturer » un peu plus sa mère, il ajoute :
– Ce soir, j'ai invité trois copines à venir prendre l'apéritif… Il faudra que tu devines laquelle des trois je vais épouser !
Le soir, les trois filles complices viennent donc prendre l'apéritif en compagnie du jeune garçon et de sa mère. Lorsqu'elles sont parties, le garçon demande à sa mère :
– Alors ? As-tu deviné laquelle des trois je vais épouser ?
– Je pense, oui ! C'est celle qui était assise au milieu ?
– Oui ! Comment as-tu deviné ? fait le jeune homme surpris.
– Parce que c'est celle qui me tape déjà sur les nerfs !

---

# Blagues à Toto

Toto rentre de l'école visiblement très vexé…
– Que se passe-t-il ? lui demande sa maman.
– C'est la maîtresse, elle ne sait même pas ce que c'est qu'un chat !
– Comment ça ?
– Ben… J'ai dessiné un chat et elle m'a demandé ce que c'était !

---

Toto et sa copine Justine Lapolitesse se promènent dans la rue. Soudain, cette dernière est prise d'une envie pressante d'uriner.
– Tu n'as que faire derrière l'arrêt de bus ! lui conseille Toto.
Alors qu'elle se précipite pour se soulager derrière l'arrêt de bus, Toto l'attend sur le trottoir. Deux policiers passent alors et demandent à Toto :
– Qu'est-ce que tu attends ?
– Qu'est-ce que ça peut vous faire ? leur rétorque Toto.
– Et la politesse ? font les policiers.
– Elle pisse à l'arrêt !

---

Toto rentre de l'école avec un œil au beurre noir…
– Tu t'es battu ! s'exclame sa mère.
– Oui, il y en a un qui m'a donné un coup de poing dans la figure !
– Qui c'est ?
– Je ne l'ai pas vu, mais je pourrais facilement le reconnaître !
– Ah bon ?
– Oui, j'ai ses deux dents de devant dans ma poche !

La maîtresse vient d'expliquer à sa classe l'expression « les cordonniers sont toujours les plus mal chaussés ».
– Quelqu'un peut-il me citer un exemple qui pourrait illustrer cette expression ? demande-t-elle à ses élèves.
Toto lève la main…
– Oui, moi ! Mon tonton, il est dentiste ! Il vient d'avoir une petite fille et… elle n'a même pas de dents !

Le papa de Toto n'est pas content :
– Comment expliques-tu que tes notes soient encore plus mauvaises qu'avant ?
– Mon voisin a changé de place…

# Perles de coiffeurs

***Le fameux shampoing qui fait des bulles...***

– Vous pouvez me faire le même shampoing que la dernière fois ?

– Vous vous souvenez de quel shampoing il s'agissait ?

– C'était goût Malabar !

***Au suivant !***

– On y va ?

– Où ça ?

– C'est à vous de passer... C'est votre tour.

***Aller chez le coiffeur, c'est aussi se tenir informé des derniers potins.***

– Vous avez de la place ?

– Oui, je peux vous prendre dans dix minutes.

– Et vous avez reçu le dernier *Voici* ?

– Euh... Non, je ne pense pas.

– Bon ben... je repasserai !

***Les oreilles bien dégagées...***
– Attendez, ne vous levez pas, vous avez encore plein de cheveux dans les oreilles.
– Hein ?

---

***Deux grosses boulettes valent mieux qu'une !***
– Et voilà ! Ça vous plaît ?
– Je suis non voyant...
– Oh, pardon ! Oui, j'avais oublié... Oh ! là, la, je suis désolée, j'ai honte... Vous voulez un miroir pour voir la nuque ?

---

***Un partout, la balle au centre !***
– Vous me donnez votre veste ?
– Non, je vous la confie !
– Ah ! Je viens de m'en prendre une...
– Quoi donc ?
– Une veste !

---

***Certains clients démarrent au quart de tour ! À une parole...***
– La machine est en panne. Vous n'auriez pas des espèces ?
– Espèce de quoi ?!

---

# Les copains, les copines

Un type vient de se faire larguer et se confie à un copain.

– Me femme ne veut plus de moi…

– Tourne la page ! lui conseille ce dernier. Sors ! Regarde autour de toi, et tu verras qu'il y a plein d'autres femmes qui ne veulent pas de toi non plus !

---

– Tu ne m'as pas dit que tu essayais des crèmes pour maigrir, en ce moment ? demande une femme à son amie.

– Oui, je les essaye toutes ! Pourquoi ?

– Sans vouloir te vexer, j'ai l'impression que ça ne fonctionne pas… Quelles crèmes prends-tu ?

– La crème brûlée, la crème Chantilly…

---

– J'suis trop inquiète : j'ai la migraine ! dit une fille à son amie.

– Pourquoi cela t'inquiète ?

– J'ai la migraine et pourtant, je n'ai pas de mec !

---

– T'aurais pas une photo de ta femme en train de baiser?
– Non mais ça va pas? Pourquoi tu dis ça?
– T'en veux une?

———

Deux amis discutent au comptoir d'un bar…
– Tu fumes combien par jour?
– Deux paquets.
– Et depuis combien de temps?
– Ça fait vingt-cinq ans.
– Ça coûte combien un paquet?
– Dix euros.
– Tu imagines que tu as dépensé plus de 180 000 euros en clopes! Si tu n'avais pas fumé, tu aurais pu t'acheter une Porsche!
Le fumeur réfléchit un instant et répond:
– Et toi, tu fumes?
– Ah non!
– Alors, elle est où ta putain de Porsche?!

———

Une fille à une copine:
– Tu fais quoi pour la Saint-Valentin?
– Ben rien, je n'ai pas de Valentin! Par contre, je pourrais fêter la Saint-Connard tous les autres jours de l'année sans problème!

———

# Blagues à papa

**Quel est le sport le plus sexy ?**
Le baseball.

---

**Que fait Tita ?**
Tita nique !

---

**Pourquoi les Corses n’attachent-ils pas leur âne aux arbres ?**
Parce qu’ils pourraient manger l’écorce…

---

**Quel est le contraire du sanglier ?**
Le pluriel.

---

**Pourquoi y a-t-il beaucoup de célibataires à Dijon ?**
Parce que l’amour tarde…

---

# Index

**Rejoignez l'auteur sur sa page Instagram**
www.instagram.com/laurentgaulet

**et Facebook**
www.facebook.com/LGaulet